エクソダス症候群

宮内悠介

すべての精神疾患がコントロール下に置かれた近未来。10棟からなるその病院は，火星の丘の斜面にカバラの“生命の樹”を模した配置で建てられていた。ゾネンシュタイン病院——亡くなった父親がかつて勤務した，火星で唯一の精神病院。地球の大学病院を追われ，生まれ故郷へ帰ってきた青年医師カズキは，この過酷な土地の，薬もベッドもスタッフも不足した病院へ着任する。そして彼の帰郷と同時に，隠されていた歯車が動き始めた。25年前にこの場所で一体何があったのか。舞台は火星開拓地，テーマは精神医療史。俊英による初長編，文庫化。

登場人物

カズキ・クロネンバーグ……………精神科医
カタリナ・アスフェルト……………看護師、第七病棟勤務
リュウ・オムスク……………………医師、第七病棟チーフ
シロウ・リリーヴェルト……………医師、第七病棟勤務
ノブヤ・オオタニ……………………第七病棟の入院患者
カバネ・ブーヘンヴァルト…………第七病棟の入院患者
ハルカ・クライン……………………第七病棟の入院患者
イワン・タカサキ……………………ゾネンシュタイン病院院長
チャーリー・D・ポップ……………ゾネンシュタイン病院〝最古〟の患者
イツキ・クラウジウス………………カズキの父、故人

エクソダス症候群

宮 内 悠 介

創元ＳＦ文庫

EXODUS SYNDROME

by

Yusuke Miyauchi

2015

目次

プロローグ　一一
第一章　惑星間精神医学　一七
第二章　停電の庭で　五五
第三章　彼が聞いたのは意識の声なのだ　八七
第四章　ランシールバグ　一一五
第五章　砂漠　一五一
第六章　エクソダス　一八五
第七章　地下室の地下室で　二三三
第八章　火星の精神科医　二六一
エピローグ　二九七

解説／牧眞司　三〇九

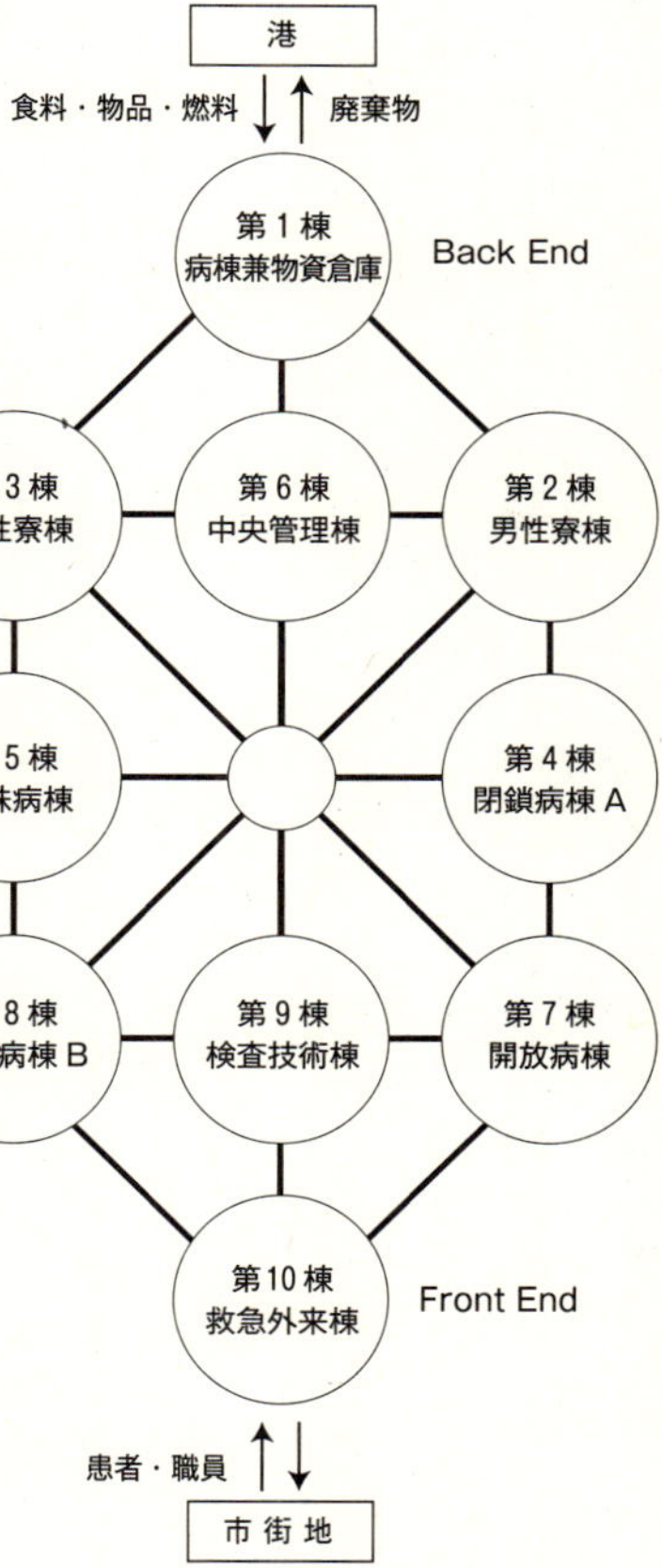

ゾネンシュタイン病院　配置図

エクソダス症候群

プロローグ

柑橘《かんきつ》系の安物のコロンが香った。
問診票によると、患者は火星からの逆移民だった。異国でなくしてしまわないよう、パスポートや保険証を大事に首から提《さ》げている。氏名、ナオミ・デュカス、二十七歳、女性。——大きな病気をしたことはありますか。いいえ。現在薬を服用していますか。はい。抗《こう》アレルギー薬。経口《けいこう》避妊薬。治療時のログを学術用途に使用することに同意しますか。いいえ。

「湯の出ないバスタブ」
「明滅する信号」
「七人が暮らす六畳間」
「昼時のキャッシュディスペンサーの人混み」

ナオミの抑揚のない発話とともに脳機能マップ画像は揺れ、震え、音もなく波打つ。まるで、熟《う》れゆく果実を見ているようでもある。それを横目に、カズキはカルテを埋めていく。

自由連想法・近赤外分光検査《NIRS》を実施。

担当医による目視、ｓ／ｏ《suspected of》双極性障害。画像処理による自動診断、ｓ／ｏ双極性障害。双方一致。担当医による連想ワード精神分析、健常者との有意差を認めず。音声認識・クラスタ分析結果、健常者との有意差を認めず。双方一致。

——双方一致。

人と機械で診断が食い違うことはまずない。あるとすればヒューマンエラーだ。たとえば、見立て違いや予断や心証。

医師たちは自《みずか》らの診断を、皮肉をこめてセカンドオピニオンと呼ぶ。

「荒川《あらかわ》の河口近くの黄昏《たそがれ》」

「就労ビザ」

「映画館のポップコーンの香り」

「乳白色のシンク」

充分すぎるほどのテクノロジーや薬、そして医療従事者たち――。

それによって、人々は穏やかに眠っている。

ベッドさえ出られずに暗い淵《ふち》を見つめる夜はない。職場近くの駅で足を進められず人前で嘔吐《おうと》する朝はない。ペーパーが、マガジンが、報道が、秘密の暗号で自分の悪口をささやくことは、ない。躁鬱《そううつ》が、統合失調が、神経症が地上から滅びつつある。それでいて、自殺率は減るどころか増えた。

アカデミーの長老たちは新たな病名を作った。いわく、特発性希死念慮《Idiopathic Suicidal Ideation》。

よく言われる冗談――。

症状は寛解《かんかい》した。しかし患者は自殺した。


「湯の出ないバスタブ」

「不機嫌な警官」

「これから陸《おか》に上がる波乗りたちの群れ」

「ファーストフードの広告」


都市部を、農村部を、沿岸部を、無色透明な不安が覆っている。

人々はそれを、〝正気の暗闇〟と呼び習わす。人類は病《やまい》を克服したのではなく、新たな別種の病に罹《かか》ったのだと。どちらが正しいのか、精神医学は答えを出す術《すべ》を持たない。

この状況は何かがおかしい。

それは誰もがわかっている。

生まれてくるのは、新たな検査や処方ばかりだ。それが分岐し、指数関数的に膨《ふく》れあがり、遡《さかのぼ》っては更新され――医療は、人の手に余るブラックボックスと化した。

こんなとき持ち出されるのは決まって一つ、古びた道具だ。たとえば、いまやっていることの精神分析。医師たちは、ブラックボックスが二重になったと自嘲《じちょう》する。

カズキは精神科医だ。

正気の暗闇は晴れるのか。そもそもこれは暗闇なのか。――いまだ彼は答えを持たない。

第一章　惑星間精神医学

[295.6.3] エクソダス症候群 (Exodus Syndrome)

A. 特徴的症状

(1) 脱出《エクソダス》衝動を伴《ともな》う妄想

(2) 脱出衝動を伴う幻覚

(3) 奇妙な夢

(4) 感情の平板化、思考の貧困、または意欲の欠如

このうち二つ以上が、一ヶ月以上継続して見られること

B. 社会的または職業的機能の低下

仕事、対人関係、自己管理などの面が病前より著《いちじる》しく低下している。小児期・青年期の場合、期待される対人的、学業的、職業的水準に達しない

——『DSM-47 精神障害の診断と統計の手引き』西暦二一四一年

1

移民局に着いたのは夜半過ぎだった。

滞在登録に訪れた移民たちは外の通りにまで列を作り、ひしめきあっていた。屈《かが》みこんで眠っている者もいれば、缶詰から直接スープを啜《すす》る者もいる。薄暗く、人の顔もよくわからない。独《ひと》り者が多く、皆、一様に押し黙っている。衣擦《きぬず》れや靴音、いびきなどが響いては、遠い頭上の〈天幕〉へ吸いこまれていく。

息が凍った。

列はあちらへ折れ、こちらへと曲がり、塊《かたまり》となって呼吸している。

やっと最後尾を見つけた。

一番後ろについているのは、荷物をまとめたカートに身体《からだ》を預ける老紳士だった。小型の家電や非常食が、収まり切らずに紐《ひも》で結《ゆ》わえられている。缶詰が一つこぼれ、カズキの足下に転がってきた。肉の缶詰だった。カズキはそれを拾い上げ、老人に手渡した。

老人は穏和な笑みを浮かべ、うやうやしく缶詰を受け取った。

「……孫が生まれたので、これからは自分の時間をと思いまして」

「それはいい」

「家を一つ買ったのです。ユダヤ人地区の外れのほうに。あなたは？」

「当面は寮暮らしです」

カズキは愛想笑いを返した。

言葉は開拓地独自のクレオール英語だ。単純に、火星語とも呼ばれている。話しているあいだにも、列は後ろへ伸びていく。誰かが音楽プレイヤーを誤操作し、数小節だけダンスミュージックが鳴り渡って消えた。

夜闇《よるやみ》のなか、人の匂いばかりが濃い。

露天商や辻馬車の御者《ぎょしゃ》が、登録を終えて出てくる移民を待ちかまえている。事業をしに来た移民をあてこみ、求職のカードを掲げた失業者が幾人か。そのほか、目的もわからない雲助《くもすけ》たち。

馬車が一台、ゆっくりと通りを抜けていった。

やっと入口まで来た。

煉瓦《れんが》造りの建物だ。アルシア港移民局、と彫《ほ》られたプレートが門に架けられている。

扉をくぐると、大きなバロック階段に出迎えられた。吹き抜けは高く、三階までつづいている。階段の手前に長机があり、紙の申請フォームが用意されていた。紙製であるのは、筆跡を取るためだ。

氏名、カズキ・クロネンバーグ。二十九歳、男性。国籍、日本。出生地、火星・ソリス高原六区、ネウゲルブ。雇用主、医療法人ゾネンシュタイン病院。雇用主の住所——まるで問診票だ。

——移住の目的。

一瞬、ペンを持つ手が止まった。そんなもの、地球上に居場所がないからに決まっている。いま、ここで並んでいる者が、ほとんどそうであるように。

気持ちを落ち着かせ、転職のため、と書き入れた。

ペンを置き、周囲を見回してみた。

アールヌーヴォー調の装飾が目立つ。望郷の思いによるものだろうが、いまどきこんな建築は地球上でも見ない。そう思うと、過剰な装飾がかえって空寒く感じられもした。

懐古に囚《とら》われた、後ろ向きの開拓民。

この星は、まるで過去へ舳先《へさき》を向けたアルゴ船だ。

階段を昇りきったところで、先に登録を終えたあの老人が、ひどい顔をして戻ってきた。目に泣き腫《は》らした跡がある。老人はカズキを見ると、荷物を引く手を止め、

「騙《だま》されました」

と口のなかでつぶやいた。

「管理官が言うところでは、そのような土地はないと」

「それは……」

「近くの宿泊施設《シェルター》を紹介されました。まずは求職です」

子供や孫からの送金はないのかと訊きかけ、言葉を吞みこんだ。それがあれば、こんな開拓地になど来ないのだ。カズキは連絡先を渡そうか迷った。だが、火星にはこのような行き場のない人間があふれている。自分とて、新たな土地で何があるかなどわからない。

こちらの逡巡《しゅんじゅん》を、老人は察したようだった。

「お気持ちはありがたいです」

そう言って、すっと背を伸ばし、外へ足を向けようとする。

反射的に、カズキは老人の背に向けて赤外線情報を送った。届いた。相手は振り向いて会釈《えしゃく》すると、個人情報やアドレスを返してきた。旧イスラエルの出身だった。

管理官室のドアが目前に迫ってきた。

次、と室内から声がする。

薄暗い、煙草《たばこ》の匂いが籠《こ》もった部屋だ。隅に、観葉植物のオリーブの鉢《はち》が一つ。重そうな鉄製のデスクに灰皿が置かれ、吸殻《すいがら》が山となっている。

デスクの向こうに、管理官が不機嫌そうな顔をして坐《すわ》っていた。

「お医者さんか」

カズキが差し出したフォームに目を通してから、管理官がちらとこちらを見上げた。

「増員を求めてるんだが、この通りでな」

やってくるのは、増員ではなく辛気《しんき》臭い顔をした移民ばかりというわけだ。

「おかげで胃が破れそうだ。どうしたらいい？」

「適度な飲酒をお奨《すす》めします」

おまえは話がわかるな、と管理官は笑う素振《そぶ》りをした。

棚の上にカメラがあるのが目に入った。移民登録を電子化せず、管理官と一対一で話をするのは、様子を録画するためだ。

「……お医者さんも鬱《うつ》病に罹《かか》ったりするものなのか？」

「よく訊かれますが、まあ、罹ります」

「おまえは？」

「胃が破れそうです」

「ふむ……」管理官はにこりともしなかった。「腕をまくって見せてみろ。両方ともだ」

言われた通りに上着の袖《そで》をまくる。相手はこちらの手首や前腕を一瞥《いちべつ》して、

「薬はやってなさそうだな。……その顳顬《こめかみ》の傷は？」

「小さいころ、怪我をしたそうです。わたしは憶えていないのですが」

「なぜ火星勤務に？」

「答えなければなりませんか」

「訊かなければならないんだ」

隠すようなことでもないが、景気のいい話でもない。半分だけ打ち明けた。

「大学で、助手から先に進めないことが明らかになりましたので」

「なぜ、地球の系列病院ではなくここに？　くちがなかったのか？」

生まれがこちらでしたので、と応《こた》えると、納得したような相槌《あいづち》が返ってきた。

管理官はしばらく端末を操作してから、雇用主の届け出がある旨《むね》を知らせた。それを聞いて、カズキも胸を撫《な》で下ろす。

「一年前に改名しているな。どうしてだ？」

「心機一転やり直したいと思いまして、それで……」

管理官は念のためだと言ってしばらく検索をつづけ、それから、おや、とつぶやいた。

「あんたの論文が出てきたぞ。〝逆移民者の精神疾患について〟……これは？」

「地球への帰還者の発症率をまとめたものです」

「惑星間精神医学会？　ふん、そういう分野もあるんだな」

――精神医学の下位領域である。

母体となったのは、多文化間精神医学。どちらも、異なる文化への適応問題や難民問題、ひいては宗教や民族の問題が扱われ、「惑星間」とつく場合は、より広く、重力や生態環境の違いまでが考慮される。

いまはまだ火星のみが対象だが、ゆくゆくは他の天体まで拡張されると期待されている。

「……わたし自身が、火星の生まれでしたので」

相手は頷くと申請フォームに緑のスタンプを押した。文字は摩《す》り切れて読めなかった。

移民管理官には通り名がある。誰が言い出したか――大審問官。しかし、その仕事は異端審問とは逆だ。居場所のなくなった異端者たちを受け入れるために、彼はここにいる。

管理官がフォームをもう一度確認し、パスポートにも判を押した。旅券は日本のものだ。移民として新たに国籍が取れるかどうかは、これからの就労状況や収入などによる。

「火星へようこそ、いや、お帰りなさいというべきか」

デスクの一角《いっかく》に本があり、さりげなく手が置かれていた。よく見ると聖書だった。

部屋を出て、不安や苛立《いらだ》ちを顔に貼りつかせた申請者たちの横を通り抜ける。

外では陽《ひ》が昇りはじめていた。

ガイドブックに載っていた店で遅い夜食を取ることにした。高度三百メートルの展望レストランだ。上空からの眺めは、来る道、宇宙エレベーターから見ることもできたが、そのときはまだ気もそぞろで、景観どころではなかった。申請も済ませたところで、ゆっくり眺めておきたかったのだ。

はるか下の、玩具《がんぐ》のような街並みを馬車が行き交っている。

開拓地に車は少ない。宇宙エレベーターがあるとはいえ、地球から運んで来られる物資は限られている。現地で生産しようにも、資源もエネルギーも乏《とぼ》しく、移民たちには材料費や維持費がまかなえない。ならばいっそ馬を殖《ふ》やし、馬車を曳《ひ》かせるほうがましなのだ。西部開拓時代を思わせるということで、アメリカからの移民には受けがいいらしい。

舗装されている道は少ない。

ほとんどは火星の赤い地表そのままで、上空からは、毛細血管が走っているようにも見える。あるいは、近赤外分光《NIRS》の脳画像のようでもある。街の建物は平屋《ひらや》が多く、砂から作られた煉瓦を組んで建てられている。

そんな光景を、遠い冷えた太陽がぼんやりと照らし出していた。

遠く、北の荒れ地に、標高二万七千メートルのオリンポス山がそびえている。

標高は高いが、裾野が大きいため、輪郭線は地球のエアーズロックにも似ている。

山の麓《ふもと》にあるのが、宇宙エレベーターの火星港だ。

港から天空に向けては、一本の長い弦《げん》が張られているはずだ。開拓地の住民たちの命を繋《つな》ぐ、細い蜘蛛《くも》の糸が。

その宇宙港から近景にかけて、大小の無数の泡がひしめき合い、陽光を受けて輝いていた。

――火星の擬似《パラ》テラフォーミングは、水面上の泡に喩《たと》えられる。

つまり、区画ごとに透明な膜で覆い、その内側を大気で満たす。固い屋根がよさそうなものだが、隕石《いんせき》などによる破損事故はどのみち避けられない。むしろ、被害があった場合、いかにそれを最小化し、再建のコストを下げるかが問われる。

人類は、無数の柔らかい泡で身を守ることを選んだ。

泡は高分子ポリマーでできており、気圧差に耐えるほどには丈夫で、小さな傷であれば素材そのものが自己修復する。泡一つの直径は、数百メートルから、大きなものでは二キロメートルほど。柱はなく、泡自体の重量は内部の気圧によって支えられる。

泡は密集して生成されるが、なかには飛び地もある。合計すると、一万個を超えるくらいだとされる。大半は農地や工業地で、その狭間《はざま》の泡に、ぽつぽつと街が建造されている。

惑星全体の人口は、推定によると六十万人ほど。

泡が増えるか減るかは、現地の発展に委《ゆだ》ねられている。

ここまでの巨大な計画を一手《いって》にコントロールできる企業や国家が地球にあるわけもなく、あったとしても、火星条約によって計画が制限されるからだ。

現地の住民は、この泡を天幕と呼び習わす。

遠くから俯瞰《ふかん》した天幕は、不安なほどに薄い。まるで露出した人間の蜘蛛膜だ。脆《もろ》いのではなく柔軟なのだ、と観光案内書には書いてある。穴が空《あ》いたとしても、ある程度まで気圧を保ちながらゆっくり萎《しぼ》むのだと。

並行して、本物のテラフォーミングも進められてはいる。

地表には藻《も》が撒《ま》かれ、太陽光を集めるためのアルミニウムの鏡も、次々と軌道上に投入されている。だが、まだ気圧が足りない。天幕なしに人が住めるようになるのは、まだまだ先のこととなる。

環境は過酷だ。

過酷だが、快《こころよ》くもあった。身体の芯《しん》が鎮《しず》まり、脳が風を感じるような感覚がよぎる。正気の暗闇のなかで、弛《ゆる》み、無感動になっていた心身が、じわじわと熱を帯びてきた。

ここは地獄だと言う者がいる。それでも、地球よりはましだと言う者もいる。

どうあれ、地球からの移民は後を断たない。先行者利益を求める山師や起業家。事情があり、地球にいられなくなった者。その他大勢の、すべての異端者たち。

2

雨の匂いを嗅《か》いだ気がした。

〈窓〉の向こうに、暗い夕暮れどきの空の色が見える。いまにも降ってきそうな色合いだが、実際には、人工の光が見た目ばかりの天候を映し出しているだけだ。

偽《にせ》の天候を映し出すのは、開拓地の過酷な環境をいっときでも忘れさせるためだ。そのほうが、患者の治癒《ちゆ》率が高いと信じられているが、逆に、火星社会への復帰を妨《さまた》げるという説もある。

「……それで、うちの人は治るのですか」

口を開いたのは、自殺企図《きと》で運ばれてきた患者の妻だ。

患者は果物《くだもの》ナイフで腕の血管を切り、外科で処置を受けたのち、この救急外来へ搬送されてきた。いまは、別棟の保護室に隔離されている。

「ご安心ください。ですが、自殺衝動はまだ残っていますので――」

搬送具《ストレッチャー》の曳かれる金属音がカズキの言葉を遮《さえぎ》った。あちこちから、医師や看護師の慌ただしい声が聞こえてくる。

ここは、ゾネンシュタインの救急外来棟。

外来と言っても、吹き抜けの大広間をパーティションで区切っただけのものだ。決まった持ち場もなく、まるで野戦病院のように手の空いた者が手当たり次第に患者を診《み》ていく。

床の一角に、換気サイクルの吹きだまりがある。ビニール袋やドリンクの容器、からからに乾いた果物の皮が集まって音を立てていた。

「……書類をお送りします」

カズキは手元の端末から、保護入院の同意書を患者の妻に送信した。

間を置かず、電子署名されたものが返ってくる。

「薬の効果が出るまで数日かかります。それまでどうするかですが——眠っていただくか、でなければ、ＥＣＴ……いわゆる通電療法が有効です」

通電療法の歴史は古く、精神医学の暗黒時代から現在まで残っている。批判もあるが、少なくとも効《き》くことは確認されている。

それに、暗黒時代と言うなら、いまもそう変わらない。

いかに薬が発達しようと、脳画像から精神疾患を特定できようと、いまだに患者の脳のなかで何が起きているかなどわかっていないからだ。

「いずれも、奥様の同意が必要です。いま、治療効果とリスク可能性をお送りします」

送信した文書を、相手は読みもしなかった。すぐに「双方同意」の署名が返ってくる。

「ご心配だとは思いますが――」

また一つ、ストレッチャーの音が響き、近くの患者や看護師が振り返った。

担架を押しているのは、制服に身を包んだ恰幅《かっぷく》のいい保安官だった。保安官は息を切らしながら、カズキの目の前で立ち止まる。患者は東洋人だった。拘束衣《こうそくい》のかわりに毛布でくるまれ、その上を粘着テープで何重にも巻かれている。

「着いたぞ！」保安官が患者の顔を覗きこんで怒鳴った。

カズキは手空《てす》きの医師を探して見回した。どこからか声がした。

「こっちも手一杯だ！」

ぴりぴりした雰囲気に刺激されたのか、患者が暴れはじめた。それを、保安官と二人がかりで押さえつける。カズキは先ほどまでの相手を待たせ、保安官に訊ねた。

「状況は」

「与圧服なしに天幕を出ようとしたところ、付近の住人に取り押さえられたようです」

頷いて、識別救急《トリアージ》のタグを端末で読み取り、紐づくカルテ――これは医師にしか見られないようになっている――にアクセスする。――既往《きおう》症なし。心電図・血液検査、実施済。所見《しょけん》なし。画像診断結果、実施済、精神疾患の疑い。配偶者に妻、保護処置に同意済。

患者自身に問いかけてみた。

「外に出ようとした、ということでしたね。なぜ外へ？」

一瞬、患者は自分が話しかけられたとわからない様子だった。

まるでいま目が覚めたかのように、ダークブラウンの目を瞬《しばた》かせる。

「決まってるだろう」——声が振り絞られた。「地球へ行くんだよ!」

脳裏に、ある古い病名がちらついた。

だが、これまで一度も症例を見たことがないし、人類は火星に移住しはじめるよりも前に、それを薬によって克服したと習った。どうあれ、医師が予断を持つべきではない。それに、いま取るべき対処が変わるわけではないのだ。

「バイタル——」

「三五・七度、一二九の八一です」

頼むより早く、若い看護師がどこからか現れて体温と血圧を読み上げた。

尽きることのない急患と、手荒いながらも手際《てぎわ》のいい処置だ。地球の病院のような秩序はないが、皆、動きに淀みがない。看護師のネームプレートを一瞥する。カタリナ・アスフェルト、か。

「酸素飽和度《サチユレーシヨン》お願いします」

「八九パーセント」

血中の酸素濃度が低い。カズキは保安官たちに頼んで拘束を緩《ゆる》めた。

「ハロペリドール、二単位、フルニトラゼパム、二単位、生食《せいしよく》二〇——」

抗《こう》精神病薬と中間型の睡眠剤だ。古い処方だが、こうしたものほど緊急時の効果は大きい。

「いいですか、ちくりとしますよ」

徐々に、患者から力が抜けていった。

「……九七パーセント、大丈夫です」

ほっと息をつき、カズキは端末で保護室を一床押《しょう》さえた。

「D9の3番に――カタリナさん、お任せして大丈夫ですか」

言い終えるより前に、カタリナは頷いてストレッチャーを押していった。患者を運びこんできた保安官も、すでに姿を消している。

「あの――」

と、先ほどまでの相手が、苛立ち混じりに口を開いた。

「すみません」

カズキは向き直って記憶をたどる。自殺を図《はか》って運ばれてきた患者の妻だ。

患者の家族が相手だと思うと、不思議と平常心が戻ってきた。

「……突然のことで、ご心配と思います。ですが、あくまで病気によるものですので、思い悩まず、わたしたちにお任せください。一週間ほどで、元気なお姿をお見せできます」

「わかりました。どうぞよろしくお願いします」

また、背後からストレッチャーの音が迫る。

――結局、その日は十時間以上も立ちずくめだった。くたくたになって休憩室に入ると、ロッカーや長椅子が並ぶなか、医師や看護師が身体を休めていた。無言で寝転ぶ者もいれば、口を開けたまま壁に寄りかかって坐りこんでいる者もいる。

皆、とても患者には見せられない顔だ。

スタッフの人種はさまざまで、インド系やアフリカ系もいる。

仰向けになって寝息を立てている看護師の手から、空《から》になった真鍮《しんちゅう》のカップが転げ落ちた。カップは誰にも拾われることなく部屋を転がり、壁際《かべぎわ》で止まった。

うっすらと汗の匂いがする。

長椅子に腰を下ろしたが、とても休まる気がしない。

「お疲れさん」と隣の医師が声をかけてきた。「いきなりで驚いたろう」

――初日なのである。

カズキはほとんどなんの説明も準備もないまま、人手不足だからと救急外来に回された。

「ときたま、こんなふうに救患が重なるんだ。月《フオボス》の位置のせいかな」

本気か冗談か、隣の医師は無表情でそんなことを漏らした。地球では月が精神状態に関わるなどと言うが、月が二つある火星においてはどうなのだろう。

首筋に冷たいものがあたった。振り向くと、カタリナがドリンクの容器を突き出していた。

「地球から来たお医者さんは、たいてい邪魔なばかりなんだけどね」

生《なま》返事をして、カズキは向かいに坐る医師に目を向ける。

あの戦場のような救急外来のなか、この医師が立ち通しで陣頭指揮をとっているのをカズキは見ていた。四十半ばだろうか。身体つきは細く、精悍《せいかん》だ。傷み、白髪《しらが》交じりになった髪が、開拓地での長い暮らしを感じさせる。

「彼はリュウ・オムスク」カタリナが気を利《き》かせて紹介する。「第七病棟のチーフよ」

リュウのほうから握手を求めてきた。カズキは会釈をしてそれに応じる。

カタリナがささやき声でつけ加えた。

「病棟長に昇進することが決まって、はりきってるみたいなの」

「うるさいな」とリュウが苦笑を返す。

つられてカズキも笑ってしまう。

――この新たな職場を、カズキは気に入りはじめていた。

どちらが楽かで言えば、それはもちろん地球での臨床《りんしょう》だ。病状はコントロール下に置かれ、薬も豊富にある。しかし、その正気の暗闇のなか、患者は皆同じ顔をして、そして前触れなく特発性希死念慮《ISI》を起こし、自死する。

その点、ここは満足な診療もできないし、スタッフの疲労度も高い。

だが、そのかわり問題のありようが明確だ。言うなら、絶望の姿形《すがたかたち》が見えやすい。

「そうだ――」

確認しておきたいことがあった。

「今日の外来、あの症状の患者が何人か見受けられたのですが――」

人類が克服したはずの病《やまい》。

病状としては、統合失調症と酷似している。しかし決定的に異なるのは、患者たちが皆、ある決まった方向性の幻覚や妄想を訴《うった》えることだ。

カズキの疑問を、リュウはすぐに察した。

「あっちでは――」

と、リュウが軽く天井を仰いだ。

「症例自体、報告されなくなったそうだな」

「では、やはり……」

このとき、いっせいに皆の視線がドアに向けられた。

イワン・タカサキ院長が部屋に入ってきて、簡単に一同をねぎらった。求職にあたってオンラインで面談はしたが、直接に対面するのは、カズキもこれが最初だった。

大柄で、顎鬚《あごひげ》を蓄《たくわ》えている。いかにも開拓地の男といった風情《ふぜい》だ。

後ろには救急外来棟の病棟長を引きつれている。こちらは猫背で、少しおどおどしているようにも見えた。院長の後ろにいるせいで、余計にその印象が強い。

ようやく、カズキが皆の前で紹介された。

「新しい仲間を紹介する。カズキだ。カズキ・クロネンバーグ」

カズキも挨拶をしようとした。イワン院長はそれを遮ると、こちらの目を覗きこみ、

「ふむ」

と腕を組んだ。

「おまえ、第七の病棟長をやってみろ」

「え？」

「ちょうど、地球の臨床に詳しい医師が必要だと思っていたんだ。俺たちも、そっちの医療をフォローしてはいるが、机上《きじょう》ではわからないことも多くてな」

皆がまたざわつきはじめた。

「待ってください」急な展開に、声を荒らげてしまった。「わたしは臨床医として——」

「誰だって最初はそうだ」

「ですが……」

「いいか」と相手は苛立たしげにカズキを遮った。「憶えておけ、ここでは俺が法だ」

院長の意図が読めなかった。

この場所で、地球での経験が役に立つとは思えない。

断りの文句が見つからないまま、相手に目をやった。このときふと、背筋が冷えるのを感じた。院長の目元には、微笑があるのだった。このような微笑を、カズキは地球の医局で何

度も見てきた。これは、そう。

――悪意ではないか？

いつの間にか、一同はしんと静まり返っていた。視界の隅で、リュウがそっと目を逸《そ》らすのがわかった。皆、醒《さ》めたような、冷たい視線だ。

それにかまわず、院長が皆の前で宣言した。

「カズキ・クロネンバーグを第七病棟の病棟長に任命する」

3

身体はくたくたに疲れているのに、気が立って眠れそうになかった。明日からのことを考えると、気が滅入《めい》った。どうせ眠れないならと、カズキは寮を抜け出して市街に出てみることにした。

ゾネンシュタイン病院があるのは、ソリス高原のネウゲルブという街だ。人口は約三千人で、八つの小さな泡が盆地に寄り集まっている。

病院はそれを見下ろすように、盆地を囲む斜面に建てられている。規模が大きいため、ゾネンシュタインだけで天幕が丸々一つ使われる。

開拓地の唯一の精神病院であるため、治療を求める患者は各地からやってくる。

病院から街につづく斜面を降りる途中、立ち止まって街を一望してみた。

天幕の下で瞬《また》く街の灯《あか》りは、地球上のそれと変わりないように見える。

気温は零下《れいか》だ。温暖化は予定よりも進まず、エネルギーは農業や工業生産に優先的に回される。いまこの瞬間も、人々は寒さに震えている。

歩きながら、夜空に地球を探してみるが、どれがそうなのかがわからない。

街の端まで来た。

天幕同士をつなぐ境目《さかいめ》にあるのは、馬車二台分ほどの幅のゲートだ。普段、門は開放されているが、天幕の破損事故があった際にはエアロックとなってくれる。

——どこからか、遅い夕食の炒《いた》め物の匂いがした。

至るところに、掘っ立て小屋のような家々が不揃いにひしめいている。壁は思い思いに赤や緑にペイントされ、なかにはピンク一色という家もあった。

深夜だというのに、そこそこの人通りがある。景気は悪いはずだが、道行く人の顔は思いのほか明るく、開拓地らしい逞《たくま》しさのようなものが感じられた。

子供が二人、カズキの横を走り抜けていった。

「火星から地球への移民者、いわゆる逆移民者は、多くが出稼ぎ者によって占められる」

「しかし環境の違いや苦しい暮らしに加え、孤独や不安にさらされるため……」

未舗装の道を歩きながら、カズキは携帯端末に向けて論文を口述筆記する。一昨日《おととい》、移民局で管理官が見つけ出した研究のつづきだった。

端末は地球から持ってきたものだ。こちらでは高い上に修理がきかないこともあるので、大事に使わなければならない。

隙間《すきま》時間に論文を書く習性がついたのは、研修医時代のことだ。

地球では、機械による患者の診断が、九割以上という精度で疾患を言い当てる。ならば、いっそのこと臨床は機械にまかせ、論文に専念するほうが合理的なようにも思える。

だが、こんな実験結果もあるらしい。かつて、音声認識や機械学習を用いた自動診察装置が開発された。患者のプライバシーが守られることで、自我の防衛機構を緩和させられると考えられたのだ。ところが、実際に比較してみると、医師がいるほうが患者はより多くを喋《しゃべ》り、語った。

結局はこういうことだ。

患者は医師を必要としている。——たとえ、その中身が空っぽでも。

「一四二人の患者について調査した。男女比は一対一」

「移民全体の男女比は約二対一なので、女性の発症率が高いか、あるいは男性が積極的に治療を……」

他人事《ひとごと》のように書いているが、カズキも逆移民の一人だ。

四歳のとき、カズキは父の手で火星から地球へつれられていった。だが言葉や文化の違いに慣れず、自分が余所者《よそもの》であるという感覚から逃れられることはなかった。やがて成長するに従い、惑星間精神医学に興味を持った。

植《う》えつけられた疎外感というのは強いもので、火星に戻ったいまも、帰ってきたという実感はない。

逆移民のそのまた移民。ややこしいようだが、天幕の下では、別に珍しいことでもない。

「症例、ジム・ロブ・オーチャード、二十四歳、双極性障害」

「オーチャードはヒスパニック系の労働者たちと塗装の仕事についていたが……」

固有名詞はテキスト化される際にフィルタリングされ、自動的にイニシャルに変わる。患者との会話の録音や、問診票も自動で参照確認される。守秘義務に抵触しそうな箇所は削除されるし、学術用途の使用に患者が同意しなかった場合は、すべての情報がマスクされる仕組みだ。

——なぜ、開拓地に来てまで論文を書き継ぐのか。

それは、キャリアの途中で地球の病院を辞《や》めてしまったからだ。根を下ろしたつもりの病院で、仕事をやり遂げることができなかった。やり場のないその思いを、カズキは論文の執筆に向けた。

そうして、発表のあてのない論文を、いまも書き直しつづけているというわけだ。

「特発性希死念慮《Idiopathic Suicidal Ideation》——通称ＩＳＩについて」
「この病が存在するかしないかは、医学界においても意見が分かれる」
「逆移民者のうち、ＩＳＩと診断された患者の数は……」

嘶《いなな》きが聞こえた。遅れて、一台の辻馬車がカズキを追い越していった。

ナイトマーケットが開かれていた。

電飾を施《ほどこ》された屋台《やたい》が広場いっぱいに輝き、店には粥《かゆ》や揚《あ》げ物、生米《なまごめ》、自家製の酒などのほか、古着やジャンクの電子機器といったものも売られている。残飯《ざんぱん》を温め直して出す店もあった。鍋《なべ》を覗くと、米や野菜に混じって、肉のような破片もある。碗《わん》いっぱいの残飯をすすっていた男がぎろりとカズキを一瞥した。

逃げるように、その場をあとにする。

米麺《フォー》を売る屋台が、店の前にテーブルを三つ並べていた。カズキはその一つに席を取り、端末の口述筆記を切った。

先払いで火星債《クレジット》の硬貨を渡すと、

「ドルはないのか」

と、店主が渋い顔をした。

天幕越しに、丘に築かれたゾネンシュタイン病院が見える。

病院は並列型ブロックプランと呼ばれる造りで、十棟のドーム状の建物からなる。そのドームの円周が、それぞれにぼんやりと光り、丘の斜面に光輪の群れを作っていた。ユダヤ神秘主義――カバラの生命《セフィロト》の樹《き》を模したと言うが、この大樹《たいじゅ》が立つ場所は楽園とは程遠い。

「火星ははじめてかい」

料理を持ってきながら、店主が声をかけてきた。

店主の髪は白く、顔に深い皺《しわ》が刻まれている。その奥から窪《くぼ》んだ両眼が覗いていた。まるで老人のようだが、よく見ればもっと若い。環境が過酷であるため、老化が早いのだ。対して、カズキはまだ髪も肌も傷んでいない。

「……いえ、二度目です」

「そうかい」

店主が興味もなさそうに応え、前の客が残した皿を片付けた。

道行く人々のざわめきに耳を傾けてみる。クレオール英語が多いが、なかには日本語も交じっている。ざわめきの向こうで、タイヤか何かがパンクしたような音がした。

酒は米を発酵《はっこう》させたもので、甘く、わずかに発泡していた。

悪くない味だが、辛口《からくち》の日本酒が恋しくもある。

――かつて日本の大学病院に勤めていたころ、カズキには将来を約束しあった恋人がいた。

まさか、自分がふたたび火星を訪れるとは夢にも思っていなかったころのことだ。

その恋人が自死したのだ。

発見したのはカズキだ。二人の寝室で目を覚ましたら、物言わずドアノブで首を吊《つ》っている彼女がいた。理由のつけられない死――特発性希死念慮《ISI》だった。カズキは精神科医でありながら、一番近くにいる人間を救えなかったのだ。自分の選んだ道が、にわかに疑わしく感じられもした。

医学はカズキに鬱《ふさ》ぎこむことさえ許さなかった。

同僚の勧《すす》めで死別者のためのプログラムを受けたところ、近赤外分光《NIRS》が彼の抑鬱《よくうつ》の兆候をつかんだ。そして、〝あらゆる精神疾患はコントロール下に〟――たちまち薬が処方され、カズキは以前と変わらずに出勤し、同僚と食事をし、そして患者たちを診るようになった。気分はむしろ上向きさえした。悲しみたいのに、悲しむこともできない。

気がつけば、カズキは明るい暗闇のなかにいた。

カズキは惑星間精神医学の研究を中断し、ＩＳＩについての研究論文を書きはじめた。彼なりの恋人への手向《たむ》けでもあった。

だが、論文を発表することはできなかった。

それまでカズキを買っていた教授が、掌《てのひら》を返したように冷たくあたりはじめた。それもそのはずで、亡くなった女性はその教授の一人娘であったからだ。教授は学会に手を回し、カズキに論文剽窃《ひょうせつ》の疑いをかけ、研究を発表できないように動いた。

「元より、おまえのことは気にくわなかったんだ」

教授はカズキにそう言い渡した。

「特に、そう――その人を見下したような、蜥蜴《とかげ》みたいな目がな」

カズキのいた医局は体質が古く、教授の不興《ふきょう》を買ったというだけでキャリアは断たれたも同然だった。同僚たちはカズキを無視しはじめ、やがて誰の仕業《しわざ》か、怪文書までが出回るようになった。内容は、たとえばカズキが恋人に暴力を振るっていたといったものだ。ほとんどは事実無根であったが、なかには気になる記述もあった。

父、イツキ・クラウジウスに関することだった。

イツキもまた精神科医で、カズキが大学を出るころに他界した。その父が、かつて勤務していた火星の精神病院で、医師としてやってはならないことをしたと言うのだ。だが、具体的な記述はなく、情報源も曖昧《あいまい》だった。根も葉もないと言うことはできたが、思い当たるふしもあった。

カズキが幼いころから、父がいつも諦念《ていねん》のようなものを滲《にじ》ませていたからだ。与えられた仕事はこなすものの、野心がなく、いつも淡々としていた。おそらく、友人もいなかった。母はカズキが生まれてまもなく他界したということだが、再婚する様子もない。火星でのことを訊ねると、必ずはぐらかされてしまう。何かあったらしいことは、子供心にも察せられた。

だとしても、かつてその場所で何があったというのか。

——そして、カズキは父が勤務していた病院への赴任を希望した。

出世の道は閉ざされ、論文は受理されない。妙な噂《うわさ》を立てられ、職場にも居づらくなった。

ならば、せめて真実を知りたい。名字を変えたのは、イツキとの関係を悟られないようにだ。

……いつの間にか、客はカズキ一人になっていた。

もうナイトマーケットも閉まるらしく、店主は片付けに入っている。

その背に向けて訊ねてみた。

「この店は長いのですか」

「かれこれ二年かな。地球で言えば、四年弱だ」

移民たちの頭のなかには、火星と地球、二つの暦《こよみ》が常にある。自転周期や公転周期が異なる一方で、作物などが地球由来だからだ。バイリンガルにちなんで、バイカレンドリアルと呼ばれる。

「お客さんもこれから大変だろうが、気持ちは強く持てよ。でないと——」

そう言って、店主は斜面の病院を指さした。

「あそこに入ることになる」

「ええ」

そこに勤めているとまでは言い出せず、ただ苦笑を返した。

店主がつづけた。

「あそこの院長については、よくない噂が絶えない。業者と癒着《ゆちゃく》しているだとか、患者で人体実験をしているだとか――」

「……本当のことですか？」

「昔、大きな事件があったらしいとも聞くぞ」

「事件？」

カズキは身を乗り出したが、店主は申し訳なさそうに首を振った。

「俺も詳しくは知らない。どうあれ、ここは開拓地だ。地球の常識は捨てておくことだ」

店主は屋台の下に屈みこみ、自家発電用のメタンエンジンを切った。

「困ったことがあれば相談しろ。自立と助け合いが開拓地の精神さ」

その帰り道のことだった。病棟の十の光輪を目指して歩いていると、

――来なさい。

と、誰かの声が聞こえた気がした。

――そう、こっちへおいで……。

周囲を見回したが、誰もいなかった。

腑に落ちないまま歩きはじめたところで、一人の女性が立ち止まってこちらを見ているの

がわかった。最初、相手の顔は暗くてよくわからなかった。背後から馬車が迫り、そのLEDライトが彼女を照らし出した。若い女性だった。

暗がりで突然に鏡を前にしたような、奇妙な感覚がよぎった。

女は何か言いたげに、口を開いては閉じ――やがて逃げるように走り去っていった。

4

病棟の時計の表示は、火星の一日に合わせて、二十四時三十九分まで進んでから〇時に戻る。開拓地で売られている時計は、だいたいこれと同じ仕様だ。

その時計が、午前三時半を指していた。

ゾネンシュタインのそれぞれの棟は小径《パス》で接続され、権限に応じて出入りできる。カズキが足を踏み入れられるのは、二つの閉鎖病棟と特殊病棟を除く七棟。中心には踊り場のような中継地点があり、そこには患者も利用可能な売店やラウンジが入っている。

寮に戻る前に、明日から受け持つことになる第七病棟――開放病棟を見ておくことにした。

棟と棟をつなぐのは、斜面に沿って上下するエレベーターだ。

混雑時には併設の階段も使われるそうだが、基本的には、皆、移動にエレベーターを使う。

ストレッチャーを乗せられるよう、エレベーターは広く作られている。病棟のドームと同じように、天幕の事故があった際は気密性を保つことができるという。その籠《かご》が、原始的な機械音とともにゆっくりと斜面を登りはじめた。

籠は鉄製で、外の様子は見えない。かわりに、パネルに現在位置が表示される。

エレベーターが減速し、開放棟の前で口を開けた。

夜露《よつゆ》をはらんだような、もわっとするような緑の匂いがした。目の前を横切る廊下の窓越しに、暗い中庭が見えていた。

庭には思わぬことに本物の木々が植えられ、奥手は鬱蒼《うっそう》と茂る森のようにも見えた。白い木のベンチがあり、そこに誰かが忘れたと思《おぼ》しき、着古した黄色いフリースがぽつりと置かれていた。

庭に面した窓から見上げてみた。

三階まで吹き抜けになっていて、病室は庭を囲むように円筒状に配置されている。広い。庭だけでも、直径にして百メートル以上はあるだろうか。

右手の病室から高いいびきが鳴り響き、ふたたび潮《しお》がひくように静まった。青みがかった間接照明が、セラミックタイル張りの床を照らしていた。

左手のほうから光が漏れている。

近づいてみると、情報訓練室、とドアのプレートに書かれていた。そっと開けてみると、キーボードをタイプする音が聞こえてきた。ブースが四つ、パーティションによって仕切られている。その一番奥の席で、こちらに背を向けて作業をしている男の患者がいた。

特別な事情がない限り、ゾネンシュタインではコンピュータや携帯端末の使用が認められており、開放病棟では外部のネットワークに接続できるそうだ。

相手を驚かさないよう、わざと足音を立てて近づき、ディスプレイを覗きこんだ。ディスプレイはブラウン管で、キーボードは古いメカニカルスイッチ型。昔の技術を使っているのは、開拓者たちが自《みず》らメンテナンスしやすいようにだ。

表示されている画面を見て驚いた。

患者が開いているのは、プログラムの統合開発環境の画面なのだった。カズキも大学のころに、一般教養の講義で使ったことがある。

「この時間です」

そっと、患者の背に向けて話しかけた。

「つづきは明日にしませんか」

流れるようにタイピングをしていた手がぴたりと止まった。患者はゆっくり振り向くと、

「この時間じゃないとだめなんだ」

と訴えかけるように言った。

最初は意味がわからなかったが、訊けば、そこには彼なりの切実な理由があった。

――患者の名はノブヤ・オオタニ。

二十七歳で、街ではソフトウェア・エンジニアとして働いていた。しかし、オーバーワークのさなかに、幻聴や妄想といった統合失調症の症状に苦しめられるようになった。以来、再発をくりかえし、これが三度目の入院となる。

事情とは投薬に関することだった。

統合失調は薬で抑えられるし、薬理学の進歩とともに、抗精神病薬の副作用は減った。それでも、日中のだるさや眠気は残る。

情報処理技術者にとって、このことは悩みの種《たね》で、ときには服薬の妨げになる。

「薬が切れてくる、この時間じゃないとだめなんだ」

彼の言う薬が切れる時間とは、同時に、幻聴や妄想に苛《さいな》まれる時間でもある。それでも彼にとっては、薬の影響のない——彼の言によるなら、澄んだ状態でプログラムを組むことにこそ意味があるらしいのだった。

だが、幻覚や妄想を伴い、かつ澄んだ状態において組まれるプログラムとはなんだろうか。

何を作っていたのかと訊ねると、仮想現実のソフトウェアだとノブヤが答えた。

「なぜ仮想現実を？」

「ぼくたちは、コンピュータの見る夢……仮想現実のなかを生きている。だから、こうやってプログラムをすることで、出し抜いてやるんだよ」

「出し抜く？」

ノブヤはそれには答えず、急に、我に返ったかのように苦笑した。

「まあ、妄想というやつだ」

それきり、ノブヤは何も言わなくなってしまった。

切ないような、やりきれないような気持ちとともに、カズキは訓練室をあとにした。

知的な患者ほど、自らを客観視し、そのことに苛まれ、苦しむことがある。妄想を自覚していない者こそが病者なのだと言われることがあるが、真実はそうではない。

ときには治療者も、患者の妄想を認めてしまいたい誘惑にかられる。

しかし、二十世紀から変わらない原則がある。統合失調症患者の妄想を、家族や治療者が認めてはならない。それは結果として、症状を悪化させることが多いからだ。

——ふと、カズキはこんなことを思った。

仮に、仮想現実のなかに医師と患者がいたとする。その患者は、いまいる世界が仮想現実であると妄想を抱いている。これは、妄想であるが、しかし同時に事実でもある。

このとき、仮想現実の医師は、患者になんと言って説明するのだろうか?

第二章　停電の庭で

嗜《し》癖《へき》（引用者注・薬物などの物質や賭事などの行為を好む性向）者の場合、言語は表面的には豊かであるが、いわば紙のごとくうすっぺらで治療的に無力であることはよく知られている。ところが絵画《かいが》や箱庭においては、言語のように嘘をつくことができない。

嗜癖者の中にはテストC（風景構成法のこと。作るべき風景を治療者が指示し、そののち風景の内容について質問を行う）に合格するものと、しないものとがある。しないものに箱庭を行うと、現実のコピー、つまり○○動物園とか××公園をつくり、それ以上の進展をみないことが多い（テストCにおいて現実のコピーをつくることはむつかしい）。テストCに合格するものは、友人や趣味があり、予後の比較的よい者が多い。

――中井《なかい》久夫《ひさお》「医者として箱庭療法をどのように治療にくみこんでいるか」

1

幻《まぼろし》の朝がカズキを照らしていた。

朝の光のように感じられるのは、中庭の天辺《てっぺん》に設置された、天窓を模した照明だ。分光分布や色温度を太陽光に似せた灯《あか》りに、夕闇や夜、雨や曇りといった変化を加えたもので、実際に見上げてしまえば偽物《にせもの》の陽光だとわかる。それでも、こうやって病棟内を歩くぶんには、地球の暖かな朝と変わらずに感じられる。

眠ったのは三時間ほどだろうか。

ここ一週間、睡眠は日に三、四時間しか取っていない。さすがに疲れを感じるが、念のために服《の》んだ睡眠導入剤が効《き》き、目覚めは悪くなかった。研修医時代に身についた短時間睡眠の方法だ。もっとも、これが精神疾患のリスクを高めることも、統計ではっきりしている。悪癖《あくへき》だが、こういうときには役に立つ。

始業までの時間、カズキは職員用の食堂にこもり、古い報告書や議事録に目を通す。環境や習慣、倫理観までが異なる開拓地の病院だが、病棟一つを任されてしまった以上、戸惑ってばかりでもいられない。ゾネンシュタインならではの特殊な事情もあるはずで、まずそこから把握しておきたかった。

文書はすべて電子ベースで管理されている。

アクセス権限は項目単位で細かく設定され、たとえばカルテであれば、患者の名前や血液型などはスタッフなら誰もが確認できるが、一部の内容には守秘義務が適用され、担当医しか閲覧《えつらん》できない。逆にスタッフの経歴や人件費比率といった情報については、第七棟で読めるのはカズキだけとなる。

ここに勤務していたという父のこと、そしてかつて起きたという事件の詳細も知りたいので、こうした権限があることはありがたい。

とはいえ、ひとまずそれは後回しだ。

前の職場では、回復を見届けられなかった患者や、完成しないままの研究が残されていた。追い出されたようなものだったとはいえ、地球を離れて以来、後悔は日増しに募《つの》るばかりだ。今回は、仕事で悔《く》いを残したくない思いがあった。

——馬車が道を走る一方で、情報システムは地球と比べても遜色《そんしょく》ない。

だが医療そのものは十九世紀的でもある。

まず、何を措《お》いても薬の問題だ。

開拓地では、薬を地球からの輸入に頼っている。だから総量が限られる上に、行政は循環器や消化器の薬を優先して輸入する。ゾネンシュタインまでやってくる薬のうちかなりの比率を、初日に救急病棟で使ったような古いトランキライザや抗《こう》精神病薬が占める。

現地の製薬工場が造られはじめてこそいるが、精神科用の処方はまだ後回しだ。

経営状態は悪くない。五〇パーセントを超えると危ないと言われる人件費比率は、四〇パーセント程度に抑えられていた。これは、あの院長の手腕だろう。対して、設備投資の予算が多くなっている。

しかし、いくら設備が充実しても、肝心の薬がない。

そのぶん患者の入院期間が長くなり、ベッドは足りなくなる。気は進まないが、偽薬《ぎやく》を処方するケースも多い。病状がコントロールしにくいので、必要なケアは増え、それはそのままスタッフの負荷となる。結局、人が疲弊してケアは不足し、病状は悪化する。悪循環だ。

残業指数は高く、優秀なスタッフほど辞《や》めてしまう傾向がある。

無理がたたって身体《からだ》を壊す者も多い。

カズキの前任も、病気療養のため休職中だとのことだった。

しかもここは、火星で唯一の精神科。人事のパズルが破綻《はたん》すれば、患者は路頭《ろとう》に放り出されてしまう。

第七棟は、医師が五名に看護師が十七名。キーパーソンとなるのは、リュウとカタリナだ。二人とも技量があり、患者やスタッフからの信頼も篤《あつ》い。そして、この肝心の二人に、皆が多くを頼りすぎている。リュウに至っては、前任の病棟長が倒れてからは月の半分も帰宅していない。

リュウは実務的な、岩を削ったような男だった。

カズキが自分を飛び越して突然に病棟長になってからも、積極的に協力する姿勢を見せてくれる。いきなり外からやってきたカズキには思うところもあるだろうに、フラットに接してもらえることは、ありがたかった。

まずやるべきことは、とにかくリュウとカタリナの負荷を下げることだ。

本当は、状況を変える特効薬もないではない。

——精神外科だ。

外科と言っても、昔の前頭葉切裁術《ロボトミー》の類《たぐ》いとは違い、後遺症の少ない局所的な処置のことだ。ガンマナイフといった設備は充実しているので、外科処置の精度は期待できる。現に地球上でも行われているし、人格の変化といった副作用が報告されることも少ない。

それで患者が社会復帰できるならば、余ったリソースはほかの患者に割り当てられる。

そうすれば、包括的な、よりよい患者のケアが可能になるかもしれない。

しかし、外科処置の割合を増やすべきかどうかは、院内でも慎重に議論が重ねられていた。

問題となるのは、もちろん倫理的な是非についてだ。

議事録を見る限り、反対の急先鋒はリュウだった。

リュウとて、外科処置が患者のためになる可能性は否定しない。だが――。

「患者の脳にメスを入れるのはなぜかと訊かれたとします」

と、リュウが会議で意見した記録が残されている。

「そのとき、病院のためだとしか答えられない段階で、外科処置をやるべきではない」

病院のために行う施術《せじゅつ》であれば、必ず濫用《らんよう》されるというのが彼の見解だ。

技術はあっても、適切に使える人間はいないということでもある。たとえ困難であっても、ケアの仕組みを最適化することのほうが先決だと彼は言う。

これが正論だとは皆も認める。そして――リュウの頭越しに、多くの外科処置が行われる。

こうした記録を見ているうちに、

「薬があれば……」

と、つぶやきが漏れてしまった。結局、この出発点に堂々巡りしてしまう。

――だから、病棟長など嫌だったのだ。

首を振って、カップのコーヒーを口に運ぶ。コーヒーは大豆《だいず》を煎《い》って作った代用品で、小さな素焼《すや》きの器《うつわ》に注《つ》がれていた。本物には程遠いが、少なくとも身体は温まる。

がらんとしていた食堂は、始業が近づくにつれて人が増えはじめた。

配膳《はいぜん》カウンターに列ができ、寒い室内のあちこちから野菜スープやオートミールの湯気が上がっている。食事こそ貧しいが、活気が感じられた。

カウンターの奥の厨房《ちゅうぼう》には、大鍋《おおなべ》をかき回す調理員の姿がある。

「難しい顔をしてますね」

と、このとき頭上から声がかかった。

医師の一人が、テーブルの向かいに席を取ったところだった。

「朝は食べないと駄目ですよ」

そう言って、根菜《こんさい》が二つか三つ浮いているばかりのスープを口に運ぶ。

男の名はシロウ・リリーヴェルト。

カズキが突然病棟長に任命されてから、皆、距離を測りかねているところがある。しかし二つ年下のシロウだけは、人懐《ひとなつ》っこく世話を焼いてくるのだった。

「あと、スープを頼むときは、ちゃんと底のほうから掬《すく》うよう言うんです」

具が入ってこない、ということらしい。

シロウが話すことは、だいたいは食事や酒、そして女のことだ。せっかく優男《やさおとこ》風の容貌であるのに、そのせいでだいぶ損をしているように見える。いまは、火星のカラミティ・ジェーンと呼ばれる女賞金稼ぎに熱を上げているとのことだ。

最初は煩《わずら》わしかったが、環境が過酷なせいか、こうした益体《やくたい》のない話がありがたくも感じられる。

「早く、慰謝料を貰わないと――」

シロウは給料のことを慰謝料と呼ぶ。

「ジェーンのグッズを買いすぎたんですよ。今月、かなり苦しくて」

2

中庭は散歩をする患者や、ボール遊びをする患者たちで穏やかに賑《にぎ》わっていた。薬が足りないとはいえ、開放病棟である第七棟には、急性期症状を脱した、比較的症状の落ち着いた患者が多い。外出は自由で、申請をすれば外泊もできる。

照明は昼に近づきつつあった。

ベンチで猫が一匹、丸まって欠伸《あくび》をしている。その猫の頭を、傍《かたわ》らを歩いていたシロウが屈《かが》みこんで撫《な》でた。

「アニマルセラピー用の猫なのですが、この庭が好きみたいで」

目的地に目を向ける。庭の中央――円筒状の病棟全体を見渡せる位置に、二階建ての建物が離れのように設けられているのだ。

一階がナースステーションや談話室で、二階がカズキの棟長室となる。

棟長室はカズキの診察室を兼ねているが、一日のうち、そこで過ごす時間は短い。診察が二時間ほどで、残りの時間は、ほとんどが中央管理棟での会議に費やされる。

厄介なのは、まず病床管理《ベッド・コントロール》だ。

ベッドは病棟ごとに百六十床《しょう》用意されているが、どの棟もベッドが足りない。第四棟や第八棟、つまり閉鎖病棟は、症状の軽くなった患者の受け入れを第七棟に求める。また、隙《すき》あらばリュウやカタリナといった技量のあるスタッフを奪っていこうとする。

ゾネンシュタインでは病棟ごとの独立性が高く、各棟のあいだに微妙なパワーバランスが築かれている。二つの閉鎖病棟の病棟長は、開放棟である第七棟を軽く見ているところがある。就任直後、こうした背景をリュウから教わり心構えができたが、そうでなければ、あっという間にベッドが溢れ、スタッフも奪われていたかもしれない。

病棟の独立性が高いのは、人員の採用や教育、そして会計の大部分が棟ごとに管理されているからだ。結果、病棟長たちはそれぞれが小大名《しょうだいみょう》のように振る舞っている。そして、それぞれに業者や行政との独自のパイプを握っていたりするので、一筋縄ではいかない。

病棟長たちが一堂に会するのは、週に二度、場所は中央管理棟だ。

目下《もっか》、一番頭が痛いのがこの会議だった。

「そういえば、わたしの前任はどのような人物だったのですか？」

「それが、ミッション系の医師だったのですが……」

中庭を横切る道すがら、傍らのシロウが小声で語った。

「人の好《よ》いところがあって、押しに弱くて。リュウさんがいなければ、どうなっていたか」

現場の医師や看護師で、リュウを悪く言う人間はいない。

だが、精神外科の一件といい、自分が正しいと思えば上に楯突《たてつ》くところがある。リュウでなくカズキが病棟長に任命されたのは、院長側からの意趣返しだろうとシロウは語った。

カズキは曖昧《あいまい》に頷いて、

「病棟長と言えば、まだ、第五棟の病棟長を一度も見ていないのですが……」

「それはですね――」

このとき、転がってきたフットサルボールが足に触れた。

ボールは誰かを怪我させたり器物を壊したりしないよう、柔らかい素材で作られたものだ。遊んでいたのは二十歳《はたち》くらいの女性患者だ。短髪をアッシュグリーンに染め、耳や唇《くちびる》にピアスをしている。

カズキがボールを蹴り返すと、器用に足首でトラップして、

「ありがと」

と、ボールをリフティングしながら去っていった。

口調は柔らかだが、冷たい、人を寄せつけない空気が感じられる。

病名が直感的にわからない。

これまでの臨床《りんしょう》経験から、カズキもある程度は第一感で診断の当たりをつけることができる。しかしいまの患者は、これまでに診《み》たどの患者とも雰囲気が異なっていた。

「カバネです」

とシロウがささやいた。

「いまの患者が？」

噂《うわさ》には聞いていた。が、目にしたのはこれが最初だ。

——カバネ・ブーヘンヴァルト、二十一歳、ドイツ系。

一年前、ネウゲルブの街の安宿《やすやど》で男性を殺害したのち、精神鑑定で責任能力がないとされ、ゾネンシュタインへ移送された。精神鑑定と言っても、司法が機能しているとは言いがたい開拓地のこと。刑務所がいっぱいで、手を焼いた行政が体《てい》よく病院に押しつけたというもっともらしい話もある。

診断は確定せず、カルテには無数の病名がｓ／ｏ《suspected of》つきで並べられている。

統合失調症の疑い。

双極性障害の疑い。

境界性人格障害の疑い。解離性障害の疑い。摂食《せっしょく》障害の疑い——どれも、はっきりした診断名には至らない。医師たちは詐病《さびょう》も疑ったが、ＮＩＲＳやＸ線断層といった客観的な検査は、少なくともなんらかの精神障害があることを示唆《しさ》していた。

——発達障害の疑い。

性同一性障害の疑い。言語障害の疑い。反社会性パーソナリティ障害の疑い。

情報共有や申し送りに使われる院内のネットワークサービスでは、ゾネンシュタインにしては珍しく、長いディスカッションが重ねられている。

アミナ・ロックフォート　開放棟看護師

意図的な薬物中毒の可能性は。以前、薬剤部での覚醒剤《メタンフェタミン》の盗難騒ぎがありました。

メタンフェタミンは、精神病のあらゆる症状を発現させます。

イワン・タカサキ　院長

血液と毛髪を採取・検査のこと。患者の同意なしに行うので、塩基配列データの流出などに注意。イレギュラーな検査のため、院長決裁で実施するよう。

リュウ・オムスク　開放棟チーフ

血液・毛髪サンプル検査結果。メタンフェタミン、リゼルグ酸ジエチルアミド、ジアセチルモルヒネ、そのほか本地区のストリートドラッグはすべて陰性。

院内の情報交換は、皆、もっぱらこのボードに頼っている。端末の音声認識機能で書きこむこともできるため、ときおり、端末に向けて何事か話している医師や看護師も目にする。

カバネの存在は、病棟全体に緊張をもたらしていた。

新たに担当する患者で気を重くさせるのが、彼女だ。いま、当のカバネはボール遊びをやめ、先ほどのベンチで猫を撫でていた。これから昼の診察がある――そのはずだった。

病棟のドームの照明がいっせいに落ちた。

3

誰かが短く叫ぶのが聞こえた。

闇の向こうでシロウが唾《つば》を飲み下す音がする。いざというときのためのドームの気密性は、停電時には仇《あだ》となる。換気系が止まれば、二酸化炭素中毒になることもありうるからだ。

携帯端末の灯りを頼りに、中庭のナースステーションへ走り、非常用の懐中電灯を二人分確保した。

遅れて、非常用の誘導灯がついた。

廊下や中庭の森の小径《こみち》に設置された暗い乳白色の灯りが、棟全体を下からぼんやりと照らし出す。あちこちを、懐中電灯の光が蛍《ほたる》のように行き来しはじめた。

怯《おび》えてその場を動かない患者もいれば、闇雲《やみくも》に駆け回る患者もいる。スタッフが一人ひとりを病室まで誘導するのだが、ふたたび病室を抜け出る者もいて、収拾がつかない。

カズキとシロウの端末に受信通知があった。院長からの一斉送信メッセージだった。

開放棟にて停電発生。原因や範囲など、現在調査中。内部のスタッフは、各自以下のリンクを参照のうえ対応・報告のこと。
停電時対応事項（医師、看護師、検査技師、薬剤師、リハビリ療法士）

ついで、新たな情報共有ボードが立ち上がる。

ジャン＝ルルウ・アスカイ　開放棟リハビリ療法士
ステップ1、非常用電灯確保、ＯＫ、ステップ2、リハビリ中の患者を誘導のうえ看護師に引き継ぎ、ＯＫ、ステップ3、リハビリ療法室機材点検、ＯＫ、現在、患者をそれぞれの病室に誘導中。

同様の報告が、ボードに次々と書きこまれていく。
院長が一斉送信した資料には、非常時の各自の役割がステップごとに示されており、そのおかげで皆の手が止まることはなかった。カズキの仕事は、流れてくる報告すべてに目を通し、問題があれば逐一《ちくいち》判断することだ。患者の誘導を手伝えないことが、もどかしい。

リュウ・オムスク　開放棟チーフ
薬剤師不在につき、看護師カタリナ・アスフェルトを代理で投入。

アラン・スキュア　中央管理棟技師
聞け、いいニュースだ。非常用の補助電源は異常なし、生命維持系もオールグリーン。
カタリナ・アスフェルト　開放棟看護師
薬剤師ステップ1、2、ともにOK、ステップ3、薬剤室のチェックと物理的施錠《せじょう》へ。

霧《きり》がかかったような暗がりを、無数の非常用電灯の光が慌ただしく駆け回っていた。まるで、光の粥《かゆ》に浸《つ》かっているようでもある。

一部、自《みずか》らも電灯を手に誘導を手伝う患者もいた。危なっかしくも感じられるが、患者同士のほうが上手《うま》く意思疎通《そつう》できる場合は多い。地球なら適法性《コンプライアンス》が気になるところだが、ここは開拓地だと考え、目をつむる。

近くの病室で、何かが落ちて壊れたような音がした。
——やつらもグルなんだよ！
切実な、しかし現実味の乏しい叫び声がそれに重なる。聞き憶えがある。消灯後の病棟でプログラムを書いていた、ノブヤだ。

ジャン＝ルルウ・アスカイ　開放棟リハビリ療法士

患者A12D9、妄想発作。107号室、近くのスタッフは応援願います。

カズキ・クロネンバーグ　開放棟病棟長

向かいます。可能ならハロ2単位、フル2単位、生食水《せいしょくすい》20を。

カタリナ・アスフェルト　開放棟看護師

ハロ2、フル2、生食20、了解。調剤室を離れられないため、受け取りを求む。ほかに処方のいる人は？

シロウ・リリーヴェルト　開放棟医師

担当に心《しん》疾患を持つ患者がいる。ニトログリセリンを念のため。

ベッド上のノブヤはすっかり錯乱してしまっていた。

懐中電灯の薄明かりのなか、スタッフたちが取り押さえようとするが、刺激に怯え、振りほどこうとして余計に暴れてしまう。

駆けつけたカズキの姿を見ても、相手が誰かもわからない様子だ。

「放《ほ》っといてくれ！　少し、あと少し待ちさえすれば……」

ノブヤは叫ぶのだが、その言葉は徐々に不明瞭になり、聞き取れない譫言《うわごと》に取って代わられていく。

薬が切れてきているのだ。

「……つらいと思いますが、そのまま聞いてください」

慎重に口を開いた。

「一時的な停電ですので、じきに復旧します。どうか、安心してください」

相手は応《こた》えず、窪《くぼ》んだ目をぎょろつかせた。

「……ですが、気持ちを落ち着かせる薬を射《う》つのもいいかもしれません」

そう言って、カズキは看護師が持ってきたアンプルを相手に見せる。

患者の了解を得るのは、のちの信頼関係のためだ。強制的に眠らされることは、ときとして恐怖体験になる。たった一度の注射が、それまで築いた治療関係を無に帰すことさえある。

「薬――」

鸚鵡《おうむ》返しをしてから、ノブヤは小さな声でカズキの言葉を反芻《はんすう》した。

「そうか、……そうだな」

震えた声で、やっとそう言った。

「先生の判断に従う。頼むよ」

注射してまもなく、ノブヤは目をつむって寝息を立てはじめた。

他のスタッフと目を合わせ、頷き合う。ほっと、小さく息が漏れた。

カズキ・クロネンバーグ　開放棟病棟長
患者A12D9、安静状態へ。

カタリナ・アスフェルト　開放棟看護師
薬の準備も完了。みんな、あとでコーヒーでも飲みましょうよ。

めまぐるしく行き来していた光はやがて速度を落とし、夜空の星のように一箇所に留《とど》まりはじめた。どうしても暴れる患者は保護室に入ってもらうよりなかったが、皆、ようやく緊張が弛《ゆる》みはじめ、ひそひそながらも穏やかな話し声が多くなってきた。

停電の原因についても報告が上がってきた。ケーブルが鼠《ねずみ》か何かに囓《かじ》られ、断線していたとのことだ。

廊下で、トレーを手に皆にコーヒーを配っているカタリナの姿があった。

カップは小さな素焼きだが、中身は前病棟長秘蔵のエチオピア産とのことだ。手にすると、懐《なつ》かしい香りが鼻腔《びこう》をくすぐった。

そのまま、少しだけ立ち話をする。

カタリナの出身は、ソリス高原三区であるとのことだった。

「それは……」

三区は火星移民の失敗のモデルとして有名な場所だ。産業が破綻し、住民たちが暴動を起こしたのだ。そのとき、カタリナの両親は娘を置いてどこかへ逃げた。彼女は移民区から移民区へ流れ、やっと二年前、この地区に落ち着いたのだという。

比べても仕方ないが、こういう話を聞いてしまうと、地球の医局でのトラブルくらいで頭を悩ませていた自分が恥ずかしくもある。

——素焼きのカップを手に、中庭に出てみた。

庭は暗く、本物の森に出たような錯覚を覚えた。やがて目が慣れ、ぼんやりと吹き抜けの天井が見えてきた。

小径の先に、水の止まった噴水がある。

誰かが戯《たわむ》れに投げこんだ硬貨が二つ、藻《も》で汚れた水中に沈んでいた。——肌寒い。補助電源では暖房までまかなえないため、室温が下がってきているのだ。

患者たちは温度変化に敏感なので、あらかじめ追加の毛布を配ってある。

噴水の先には小さな四阿《あずまや》と、観望《かんぼう》地にあるような望遠鏡が設置されていた。その望遠鏡を、じっと覗きこむ部屋着の女性患者の姿があった。ドームの外側に設置されたカメラと連動していて、方向に応じて外の様子が観《み》られるものだ。

カズキの足下で枯《か》れ枝が折れた。

それを聞いた患者が、はっとしたようにこちらを向いた。

「何を見ていたのです？」

カズキも望遠鏡を覗かせてもらったが、これにも補助電源は通っておらず、黒一色の画面しか見えない。現在の火星の位置と、望遠鏡の方向を思い浮かべてみた。わからない。

わからないが——。

「もしかしたら、地球を見ようと？」

そう言うと、相手はなぜか怯えたような顔を見せた。カズキと同い年か、それより少し下だ。ふと、その顔に見覚えがある気がした。

「きみは……」

——思い出した。

ナイトマーケットに寄った晩、カズキのことを見ていた女性だ。

患者が懐《ふところ》から一枚のカードを取り出し、おずおずと差し出した。カードには、彼女が失語症である旨《むね》、運動性の障害であり、こちらの話は通じる旨が記されていた。

ばつが悪くなり、軽く頭を搔《か》いた。

「お名前は？」

端末のメモパッドを立ち上げ、手渡してみる。

――ハルカ・クライン。

ぴくりと指を震わせてから、相手はゆっくりと自分の名前をスペルした。

――地球を見ようとしていたことは、黙っていて欲しいのです。

「なぜです？」

カズキに問われ、ハルカは画面上で人差し指を動かした。

思わぬことがわかった。

いま、ゾネンシュタインの患者たちは、地球の話をしたがらないそうなのだ。それは、このごろ開拓地で増えはじめたという、ある病《やまい》のせいだった。

脱出衝動を伴《ともな》う妄想や幻覚。

通称――エクソダス症候群。

やはりそうか、とカズキは思う。初日に、救急外来で目にしたあの患者たちだ。薬が効くこともあり、地球ではほぼ見られなくなった病だが、この火星にはまだ残っているのだ。

妄想や幻覚が出るという点で、この病は統合失調症と似ている。だが決定的に異なるのは、患者たちが皆、一様の妄想や幻覚に苛《さいな》まれることだ。

それが、病の名称にもなった脱出《エクソダス》。

原因はエクソダス受容体と名づけられたGタンパク質共役《きょうえき》受容体にあると説明されるが、

全貌が解明されたわけではない。

それまで平穏に暮らしていたはずの患者が、突然、海外の辺境や紛争地帯を目指したりするようなケースも、一部は、この病によるものと目《もく》されている。そして火星の患者であれば――その多くが、地球へ帰還したいという想念に取り憑《つ》かれる。

罹患《りかん》が疑われれば、症状の度合いにもよるが、まず閉鎖病棟に入れられてしまう。だから、間違って診断されないよう、患者たちは地球の話をしたがらないのだそうだ。

――でも、わたしは小さいころから地球に憧《あこが》れていて……。

「奇遇ですね」

カズキは患者に微笑《ほほえ》みかけた。

「わたしは地球で育ったのですが――子供のころ、よく望遠鏡で火星を見ていたものです」

4

「役所のひび割れた煉瓦《れんが》」

「遠い太陽」

「染みの取れなくなったコーヒーカップ」

「路地裏の匂い」


――自分ではない誰かの声がする。

朦朧《もうろう》とした頭であたりを見回すと、そこは洞窟《どうくつ》を利用して作られた部屋の一室だった。入口は頑丈な鉄扉《てつび》で閉ざされ、昔遊んでいた積み木やプラスチックの汽車が、床一面に散らばっている。

次第に、自分の置かれた状況がわかってきた。

カズキは四歳になったばかりで、急遽《きゅうきょ》、よその土地へ行くことに決まったのだった。急いで荷物をまとめなければならないのに、箱になるものがない。好きな玩具《おもちゃ》を持って行きたいのに、それをどうしたらいいかわからないのだ。

頭上には、地上につづく穴が天窓のように空《あ》き、そこから遠い陽《ひ》の光が差しこんでいた。

「散らばった缶詰」
「駅を照らす青いＬＥＤ」
「言うことをきかない妹」
「鳴らない電話」

部屋の隅には、大人用のベッドが一つ置かれている。拘束《こうそく》用のベルトが二本、そこから手負いの獣《けもの》の臓物《ぞうもつ》のように垂《た》れ下がっていた。外の様子を知りたいのだが、ドアの覗き窓まで背が届かない。

天窓に目が向くが、壁の岩肌には摑《つか》むところもなく、到底《とうてい》登れそうにない。

「遠い太陽」
「地球儀の形をしたブックスタンド」
「暖かくないセントラルヒーティング」
「七分遅れの置き時計」

外が騒がしい。

人の声だ。

叫び声や罵《のの》り声、すすり泣く声や助けを求める声が重なり、共鳴し、いっせいに押し寄せてくる。怖ろしくなって内側から扉を叩くが音は小さく、こちらの存在に気づく者はいない。

早く玩具をまとめて、行かなければならないのに。


「スパゲティから立ち上る湯気」

「買えなかった食器」

「砂漠の果ての揺りかご」

「炭酸の強すぎるオレンジジュース」


いつしか空は赤く染まり、外は静まっていた。

薄い大気の向こうに、星が見えはじめている。やがて扉が開いた。向こう側に立っていたのは、見たこともない初老の男性だった。頑張ったな、と一言だけ声をかけてくる。

——立てるな?

——うん。

——行くぞ。

カズキは男の手を取って歩き出す。どこへ？　いや、決まっている。地球だ。

ぼくは、地球へ帰らなくてはならないのだ。

玩具をまとめていないことに気がついたが、男はかまわずに手を先へと引いていく。


「色褪《あ》せた消火器」

「歯の黄ばんだ守衛の老人」

「輸入品のトリートメント」

「鳴らない電話」


真新しい寮のベッドで、カズキは目を覚ました。

冷えきり、全身が汗ばんでいた。鮮明な、しかし明晰夢《めいせきむ》でもない、色彩に満ちた夢だった。

目が醒《さ》めた後も、強迫観念は残っていた。

地球に行かねばならない、と。

――来なさい。

不意に、誰かの声が聞こえた。女性の声だった。

――そう、こっちへ来るんです……。

わかった。そう答えそうになったときだ。

(1) 脱出衝動《エクソダス》を伴う妄想
(2) 脱出衝動を伴う幻覚
(3) 奇妙な夢
(4) 感情の平板化、思考の貧困、または意欲の欠如
——このうち二つ以上が、一ヶ月以上継続して見られること

「——冗談じゃない」

声が漏れる。それは、別の誰かの声のようにも聞こえた。

いったん引いたはずの汗が、いっせいに噴き出した。じわじわと、恐怖が這《は》い上がってくる。この開拓地でそれに罹患することは、そのまま生命の危険にも直結しかねないからだ。

同時に、ここ一週間のうちに見た景色がフラッシュバックした。人のひしめきあう移民局。スープを啜《すす》る音。ダンスミュージック。散らばった缶詰。雲助《くもすけ》たち。ナイトマーケット……。

なかばわけがわからないまま、傍らのテーブルに目をやった。

テーブルの上にはガイドブックや水のボトル、脱ぎ捨てた上着が散乱している。まだ、荷物も整理できていないのだ。震える手で、カズキは荷物を探った。——あった。日本を発《た》つ際、お守りがわりに持ってきた薬だ。睡眠導入剤や抗精神病薬——そして、エクソダス症候

群に効く薬もある。カズキは錠剤を細かく砕き、紙を丸めて一気に鼻で吸った。

目をつむると、たちまち夢と現実の境目《さかいめ》がわからなくなる。

仰向けになり、目を開けたまま薬が効くのを待った。

錯乱した頭で、こんなことを思った。——脳には望郷の回路がある。故郷らしい故郷がなくとも、脳は人間をどこかへ帰らせようとする……。

それにしても、あの玩具はどこへ行ったのだろう？　あれは確かに、カズキが昔持っていたものだったのだ。やはり、あの部屋に置いていってしまったのか。

やっと眠気が訪れた。

夢を見ないことを祈りつつ、カズキは目を閉じた。

第三章　彼が聞いたのは意識の声なのだ

しばらくするとビセートルでは、ちょうどサン＝ジェルマンの市《いち》で猿に芸を教えている軽業師《かるわざし》のように、狂人を見世物《みせもの》にする番人が現われてくる。番人のなかには、鞭《むち》で打って、踊りや曲芸をあれこれとさせる手腕があるとして非常な名声を博したものもある。十八世紀末になると、ただ一つだけ緩和策がとられたが、それは、狂気が何であるかを証拠だてるのは狂気じたいであるかのように、狂人を見世物にする世話を別の狂人にまかせたことであった。

——ミシェル・フーコー『狂気の歴史』

1

換気が追いつかず、羊のような匂いが廊下全体に立ちこめていた。

廊下には色も形も不規則なセラミックタイルが敷きつめられ、それを淡いLEDが照らし、ごつごつした陰影をなしている。ここに、開放病棟のような人工の調光はない。嵌《は》め殺しの小窓からは、惑星の本来の夜が覗いている。

第五棟――特殊病棟は、この地区に古くよりある施設だ。

最初は、擬似《パラ》テラフォーミングにあたって、作業員の詰め所として作られたものだという。気密性やセキュリティに優れたドームは仮の役所となり、街に立派な役所ができてからは刑務所となり、やがて病院が買い取って最初の病棟とした。

建物はそのつど目的に応じて内装を変え、あるときは壁を抜かれ、あるときは仕切りを作られ、そのあげく、棟全体が迷路のようになっている。

の大な生物の臓物《ぞうもつ》のなかをさまよっているようでもある。

第五棟は隠語のようにEL棟と呼ばれ、その位置づけや役割は公《おおやけ》にされていない。院内のシステムでも、第五棟に関する文書は機密扱いとされており読むことができなかった。周囲の医師に訊ねても、口を濁されてしまう。

収容患者のカルテを確認すると、EL棟へ入った者はいても、そこから出てきた患者はいないことがわかる。あったとしても、死亡退院だ。次第に、ゾネンシュタインにおける第五棟の役割がカズキにもわかってきた。

ここは、火星で治療できず、医師にも見放された患者を閉じこめる施設なのではないか。カズキが訪れた理由は、皆が見て見ぬふりをするELの内部を見てみたいと思ったこと。そして、病院の過去の一端を摑《つか》めないかと思ったからだ。

――すすり泣く声や、壁を叩く音が八方から聞こえてくる。

折れ曲がる廊下に沿って、所狭しと保護室が並んでいる。覗き窓のついた鉄扉《てっぴ》もあれば、刑務所時代からそのまま使われているらしき檻《おり》もある。停電や火事といった有事にはどうするのか、考えたくもない。

保護室の一つを覗いてみた。

ベッドに括《くく》られた男がいる。左足を留《と》めるベルトが壊れ、荷造りに使うような紐《ひも》で代用されていた。焦点の合わない目が、ゆっくりとこちらに向けられる。アンモニアの匂いが鼻を突いた。部屋の隅には排泄物《はいせつぶつ》を流す穴があるのだが、水捌《は》けが悪く、下水が流れ切らずに水溜《た》まりを作っていた。

まるで、大昔の癲狂院《てんきょういん》に来たかのようだ。

思わず目を背《そむ》けたところで、

「こっちだ」

と、声がした。

また幻聴かと身構えたが、そうではなかった。声は廊下の奥から聞こえていた。

「何をしてる――カズキ・クロネンバーグ」

突然に名前を呼ばれ、鼓動が高まった。声のしたほうを向くと、一番奥の部屋から灯《あか》りが漏れている。そろそろと、カズキは奥へと足を向けた。

声の主《ぬし》は老人だった。

独房を改造した部屋だ。廊下側の一面は鉄格子で、扉部分の格子が外され、自由に出入りできるようになっている。薄暗い。奥の壁に木の本棚が置かれ、ハードカバーの紙の本が並んでいる。男は古い木製の椅子に坐《すわ》り、カズキを待ちかまえていた。

長い白髪《はくはつ》に青い双眸《そうぼう》。国籍不明の顔立ちをしている。

「木材はいい」

と、男が嗄《しわが》れた声を出した。

「もっとも、ここでは紙はおろか、ベニヤ板さえ高級材だがな」

小さな丸テーブルがある。これも木製だ。老人と斜向《はす》かいに、椅子が一つ空《あ》けられていた。テーブルには、一本のボトルとショットグラスが二つ。久しぶりに、ガラス製の食器を見た気がする。ゆっくりと酒が注《つ》がれた。アメリカ産のバーボンだった。

「何を突っ立ってる。まあ入れ」

男が格子の外された戸口を顎《あご》で指した。

カズキは扉枠をくぐり、手前の椅子に腰を下ろす。

「ふむ」

相手が目を覗きこんできた。

「やはりそうだ。――イツキ・クラウジウスの子だな」

いきなり、隠していたはずの父との関係を言い当てられる。戸惑い、応《こた》えられずにいると、

「何、心配しなくともいい」

と男が低く笑った。

「このことは誰にも言わんさ……。わたしは、おまえのことを待っていたのだから」

表面的には優しい、しかし冷たさを感じさせる口調だった。

眉をひそめ、カズキはグラスを手に取ろうとした。今度は、その右手に相手の老人が目を落とした。

「わずかに振戦《しんせん》があるな」

思わず、手を引っこめてしまう。

「薬の副作用だ」と相手はかまわずにつづけた。「それに、瞳孔《どうこう》の具合。……罹患《りかん》したな」

——見抜いたというのか。

ここ数日、周囲の医師たちにも見咎《とが》められなかった症状を。

「あなたは？」

動揺を圧《お》し殺し、カズキは男に問いかけた。

「医師のようにも、患者のようにも見えないのですが」

そう言いながらも、頭に浮かんだ可能性はあった。だが、根拠はなく、なぜ自分がそう思ったのかもわからなかった。

男は人の悪そうな笑みを口元に浮かべ、

「そうだ」

と、満足げに頷いた。

「わたしの名はチャーリー・D・ポップ。ここ、ゾネンシュタイン最古の患者にして、第五病棟の長《おさ》を務めている」

にわかには信じがたいことを言う。

無意識に、カズキは腕を組んでしまった。

「……患者と医師、その両方であると?」

「別段、おかしな話でもないさ。なんなら、前例を挙《あ》げてもいい。たとえば太古の癲狂院では、狂者を見世物として扱い、その管理を狂者にまかせたことがある」

それに、とチャーリーはつづけた。

「信仰は信仰でしか殺せないように、狂気は狂気によってしか殺せないのだよ」

2

耳を澄ますと、患者の呻《うめ》き声やいびき、独言《どくげん》があたり一帯を満たしている。まるで、熱帯雨林で鳥の声を聞いているようでもある。病室や保護室を見て回っているのか、ときおり看護師が行き過ぎていく。しかしチャーリーの房《ぼう》の前は素通りで、カズキには目もくれない。この男が医師であれ患者であれ、一定の自由を許されていることが窺《うかが》えた。

酒に口をつける。刹那《せつな》、枯草《かれくさ》の匂いが鼻の奥に広がり、散っていった。

背後の棚から、チャーリーが長い棒状の道具を手に取った。

「なんだかわかるか？」

「鞭、ですね」

「牛の陰茎《いんけい》から作ったものだ」

チャーリーは鞭を目の前で振ってみせる。――虚空《こくう》が啼《な》いた。

「昔は、精神病者を従順にさせるには、この鞭が最適だと言われたそうだ」

「……悪趣味です」

「薬も満足にないのでは、ここととて瘋狂院と変わらぬ」

男は自嘲《じちょう》とも冷笑とも取れる笑みを浮かべた。

「ならば、我々が学ぶべき相手は、管理の行き届いた近現代の病院ではない。我々は、十八世紀の暗黒のうちにこそ、人の叡智《えいち》を見つけ出さねばならない——そうは思わないか？」

「さあ……」

曖昧《あいまい》に応えながら、カズキは男が持つ鞭に目をやった。

患者を鞭打つような医療から、学ぶべき点はあるだろうか。少なくとも、この鞭がかつて宿していた魔術性のようなものは、現代医療によって失われている。かといって、ここで現代の医療が受けられるわけでもないのが問題であるのだが。

——精神病院の正確な起源は、わかっていない。

心の問題を治療するという点では、原始宗教にも相当するものはある。病院に絞るなら、アラブ世界では十二世紀には専門の病院が作られ、十五世紀を迎えるころには、すでにヨーロッパ全土に広まったとされる。心の問題は誰しもが抱えているのに、精神病院の歴史は比較的新しいのだ。

社会は成熟過程のどこか一点で、その社会にとっての異常を定義し、病者の隔離施設を必要としはじめる。だから、病《やまい》かどうかを決めるのは社会だという見方もできるが、レット症候群のように、原因遺伝子が特定されたものもある。

癲狂院の発生——社会の側が病を定義し、隔離施設を必要としたのが、十八世紀ごろ。

それが、この男が口にした〝十八世紀の暗黒〟の意味するところだろう。

「鎖《くさり》での拘束《こうそく》」

湿りがちに口を開いた。

「暴力での制圧や、浴びせかけられる冷水《れいすい》。……昔は治療と称して、こうしたことが行われていたと教えこまれました。そこには、科学的知見はおろか、いかなる叡智もあるようには思えませんが……」

そこまで口にしてから、椅子の配置がカウンセリングで利用されるのと同じ角度であることに気づいた。カウンセラーの多くは、クライアントと直面せず、九十度の位置に席を取る。まるで、他者との対話は例外なくカウンセリングだとでも言うようだ。

無言のまま、チャーリーは本棚から大型本を取り出した。その一ページが広げられた。

「ウィリアム・ホガースの油彩《ゆさい》だ。〈放蕩《ほうとう》一代記〉というシリーズの最後の一枚にあたる」

――色褪《あ》せたページから、幻《まぼろし》の腐臭が立ち上るようだった。

穴蔵《あなぐら》のような癲狂院の一角《いっかく》を、若い女二人が見物している。そのうちの一人は、裸で放尿《ほうにょう》する患者を盗み見ている。ロンドンの王立ベスレム病院の光景だそうだ。

「かつて、ヨーロッパの癲狂院は監獄よりも過酷だった」

丸テーブルの上で、チャーリーは両手を重ねる。

「管理は行き届かず、患者は自身の糞尿《ふんにょう》にまみれ鞭打たれ、朽《く》ちていった」

手足の枷《かせ》はやがて肉を破り、骨にまで届く。ときには、患者は壁に拘束されたままとなる。垂れ流しの糞尿は、傾いた床の孔《あな》から流される。百七十六人の患者に対して、一つの手拭《てぬぐ》いしか使われないこともあった。

死亡率は高く、多いときには、過半数を超える患者が一年のうちに命を落とした。

「この病院では、貴族客が一人一ペニーで入場し、患者を見物して楽しんだそうだ。このとき、見物客は長い杖《つえ》を持ちこんだ。患者を突ついて興奮させるためにな」

そう言って、チャーリーは爬虫類《はちゅうるい》を思わせる目を細めた。

「確かに、ここにはいかなる叡智もないように思える」

と、いったんこちらの言いぶんを認めてから、

「だが、逆に問おう。二十一世紀の多剤大量処方に、どのような叡智があったのか？」

「それは……」

微妙な問題を孕《はら》む問いだ。

――抗《こう》精神病薬を発見した人類は、病を薬で沈黙させることを憶えた。

薬は多くの病を治療可能とした一方で、濫用《らんよう》され、その後の多種大量の処方につながっていった。一般に、薬は多く服用するほど効果が上がるということはなく、薬理的に効果が頭打ちとなる。それにもかかわらず、大量の薬が当時処方され、少なくない患者が副作用に悩まされた。

一つひとつの薬が、脳全体にどのような影響を及ぼすかも不明なままだった。

だが、大量の処方をするほかに、当時どのような道があったのか。

医師は、患者を沈静化させる責務がある。そして大量の処方は、少なくとも患者を副作用によって大人しくさせる。それをやめた結果、患者が自殺することもありうるのだ。

しかし見方を変えれば、十八世紀に患者を拘束した鉄鎖《てつさ》が、副作用という見えない鉄鎖に変わったのだとも言える。

当時は仕方がなかった——と、口にしかけた。

そのときだ。不意に、リュウ・オムスクの顔が浮かんだ。かつてこの病院で精神外科の是非が問われたとき、その前に取り組むべき試みがある、と彼は訴《うった》えて出たのだ。

「いかなる——」

口を開いてから、喉の渇きを感じた。目の前の酒を流しこむ。

目蓋《まぶた》が震えた。

「いかなる叡智も、ありません」

ふたたび、チャーリーが満足げに頷いた。

「いまの我々の目に、過去の医師たちは狂っているように映る。それは、取りも直さず、ありうべき未来の医師の目に、いまの我々が狂って映ることを意味する」

だから——とチャーリーはつづけた。

「この地獄絵は、ほかならぬ現代の我々の姿そのものだとは思わないか？」

そう語る男の目に、逆説を口にして悦《えつ》に入る様子はない。むしろ、虚無や諦念《ていねん》のようなものが感じられた。

――新たな本が広げられる。

ドイツ語で、一見して何が書かれているかはわからない。

だが、図版を見れば、おおよその見当はついた。

患者を閉じこめる槽《そう》。鉄箍《たが》。手錠。鎖。烙鉄《らくてつ》。――まるで中世の魔女裁判だが、そうでないことは文脈から明らかだ。昔の、精神医療の様子なのだ。

拘束を目的とした棺《ひつぎ》。

患者を立ちつづけさせるという強制起立装置。強制揺籠《ゆりかご》。奴隷に使われるような面や銜《くわ》え球《だま》。目眩《めまい》や失禁をもたらす旋回椅子や旋回寝台。

「……当時の療法の代表的なものに、瀉血《しゃけつ》がある」

皮膚を切って意図的に出血を起こしたり、水蛭《みずひる》に血液を吸わせたりする治療法のことだ。

ヨーロッパでは中世から広く行われていたが、医学的な根拠はなく、一部の限られた病を除いて、治療効果はないとされる。

「かつては、充血した脳から血を減じることで、患者の負担が軽くなるとされた。むろん、この推論は誤っている。患者の脳は充血していないし、多くの場合、むしろ血流が欠乏しているからだ。このことは、近赤外分光《NIRS》でも確認することができる」

「ショック療法ですね」

――この時代の精神療法は、ほぼすべて、ショック療法として分類できる。

衝撃を与えることで、症状が改善するように見えることはある。だから、薬もないなか、あらゆるショック療法が試みられた経緯があるのだ。

老人が頷いた。

「こうした療法を安易だと言うことはできるが、当時には当時の論理があった。このころ、人々はただ推論することしかできなかったのだ。それによって、ありもしない因果関係が見出され、無根拠で野蛮な治療が生まれた」

だが、とチャーリーは言う。

「わたしはこう思う。そこには少なくとも、精神というものへの眼差《まなざ》しや洞察があった。少なくとも、人々は考えていたのだ」

ページがめくられる。

描かれているのは、水浴《すいよく》療法の様子だった。頭に漏斗《ろうと》をくくりつけ、高所から水を注ぐ灌《かん》水浴や、川に架けた橋の途中に水没装置を設置した水没槽。

患者を拘束し、消火ポンプで水を放射する放水浴というものもある。

「当時の医師たちはこう考えた。衝撃を与えることによって、新たな健全な思考への経路が拓《ひら》かれるのだと。いまの目から見れば、効果があるように見えても一時的なもので、こんな代物は拷問にほかならない。だが、こうは思わないか？　この説明には、しかし一抹《いちまつ》の真実が潜んでいると」

通電療法――いわゆる電気ショックには治療効果が見られる。

発祥は一般に二十世紀だとされるが、電気を用いた療法はそれより前から存在した。

「二十世紀の電気ショックは、脳神経を電気が通じているという脳科学の知見とともにあった。同じように、動物磁気――十八世紀に科学と呼ばれたものを背景とした電気療法があった。どちらを取るにせよ、通電に治療効果があることの根拠にはならない。しかし忘れてはならないのは、精神医療は、それぞれの時代の科学を踏まえているという点だ」

本に手を伸ばし、ページをめくってみる。

吐剤《とざい》や下剤による療法が紹介されていた。

「患者に吐剤や下剤を投与する理由は、たとえばこのように説明されていた。悪心《おしん》状態の魂《たましい》は肉体を抜け出し、高い領界を遊行《ゆうこう》している。そこに、こうした薬剤を投与することで、物的な生体に病患が生じて、これによって魂は超感覚的な領界から下降し、肉体へ戻ってくるのだと」

このとき、患者は自分の不在中に起こった異変を見渡すことになる。

嘔吐《おうと》がつづけば、狂人が自分の観念にかまけるのを妨《さまた》げる――と、こうした考えから、吐剤や下剤が多くの患者に処方された。

「迷信だ。だが、ここにある一つの洞察は、簡単に切り捨ててしまってよいものなのか？」

老人は、古代の療法を一つひとつ執拗に洗い直して語りつづけた。目眩がするほどだが、相手が何を訴えようとしているのか、カズキには不思議とわかる気がした。

——拷問でしかない治療の数々は、やがて緩《ゆる》やかに洗練されはじめる。

まず、ウイーンの〈阿呆塔《Narrenturm》〉だ。

一七八四年、すべての人々が医者にかかれるようにしたいとのヨーゼフ二世の命《めい》で、総合病院が建設され、その際、離れに五階建ての塔が建設された。離れに建てられたのは、精神病院の必要性について合意が得られず、秘密裏に進めるほかなかったからだという。

円形のドームのようなこの塔の実態は、多数の独房を備えた監獄だ。

しかし周辺には山野や湖水、田園があり、患者は園芸や耕作をすることもできた。

患者が真に必要とするものは何かと、医師たちも考えはじめていたのだ。

体操をする広場。演劇施設。人造洞窟《どうくつ》。教育施設を提案する医師もいた。たとえば、爽快《そうかい》な散策路に、庭園や耕地《こうち》。工場や図書館。音楽や絵画のための施設。ビリヤード場。

教育のための教師も招聘《しょうへい》された。

音楽や博物学、物理学。さらには仕立屋や靴屋、大工も呼び入れる。暗いじめじめした空気が、やがて光や温《ぬく》もり、そして息吹《いぶき》に置き換えられていった。不治の病を閉じこめる〝精神の廃墟〟を、回復可能な患者のための施設とする気運が生まれてきた。

状況を改善しようとする人々の動きは、徐々に結果をもたらしはじめていた。

「その一つが――」

と、チャーリーは暗く目を光らせた。

「十九世紀のドイツに建てられたゾネンシュタイン病院だ」

「ゾネンシュタイン？」

「ああ」と相手が頷く。「我々がいまいる場所の名は、この病院から取られたものだ。まだこの病院が単に〝第一病院〟という名であったころ、わたしが提案したのだよ」

――ゾネンシュタインは、ドイツ精神医療にとっての暁光《ぎようこう》となった。

精神病は治癒《ちゆ》可能なのではないか――それは、最初は疑念のようなものだった。やがて疑念は確信に変わり、そして確信が信条となった。

「ミカエル・ロイポルトは、医師はファウストのごとくあらねばならないと述べた」

ゆっくりと、チャーリーが引用をはじめる。

「〝貴賤《きせん》いずれの境涯《きようがい》をも遍歴《へんれき》し、しかもなお内面的な心理体験を豊かに蓄《たくわ》え、陰気な誤った神秘思想にも、その反対の半可《はんか》通《つう》で浅薄《せんぱく》な夜《や》郎自《ろうじ》大《だい》にも、けっして身の覚えなしとはせず〟――」

朗々と、支《つか》えることなくチャーリーは暗唱《あんしよう》を終える。

それはまるで、一編の歌のようでもあった。

「さて、ここに精神医療の新たな光が灯《とも》った。人道的な医療を目指す人々の努力が結晶化しはじめたわけだ。では、ドイツのゾネンシュタインはその後どうなったか」

そして、老人は笑みを浮かべると——酒に麻痺しかかったカズキの頭に一撃を加えた。

「ガス室が作られ、それがアウシュヴィッツのガス室のプロトタイプとなった」

3

——その精神科医の名は、アルフレート・ホッへ。

ホッへは大学教授として三十年以上にわたり、精神医学や神経病理学を講じてきた。妻はユダヤ人で、一人息子を第一次世界大戦で亡くしている。

そのホッへが、『生きるに値《あたい》しない命を終わらせる行為の解禁』を共著したのが、一九二〇年のこと。ナチスの優性政策に、十年先駆けてのことだった。

「ホッへが展開したのは、障害者安楽死論だ。大戦で多くの若者が死ぬ一方で、精神病者は病院で手厚い保護を受けていた。ましてドイツは敗戦し、不況にあえいでいた。こうした背景をもとに、ホッへは問うた。回復の見こみがない患者を養《やしな》うことに、どのような意味があるのかと」

生き存《なが》えさせることが、当人にとっても社会にとっても意味がないような生命はあるか。ある、とホッへは結論した。

「精神的な死を迎えた患者はいる、と彼は論じた。自分を自分として意識する可能性の欠如、自己意識の欠如こそがそうであると。生きたいと要求することさえしない患者を排除することは、殺人とは同一視できないと彼は断じた」

このテキストに目をつけたのが、ヒトラーの侍医《じい》のテオドア・モレルだった。モレルは「安楽死に関する報告書」を書き上げ、その後の優性政策に大きな影響を与えることとなった。そして、安楽死計画が発足する。その推進のために作られたのが、「重度の遺伝性および先天性疾患の患者の学問上の把握のための帝国委員会」であった。

この委員会を構成したのは、当時の小児科医や精神科医たち。

彼らはヒトラーより権限を委託され、安楽死に一酸化炭素ガスを用いることに決めた。最初はガス自動車が使用され、やがて精神病院そのものにガス室が設置された。

「そう――ナチスの最初のガス室は、精神病院に作られたのだ」

ガス室が設置された精神病院は六つ。ブランデンブルク。ハダマール。ベルンブルク。ハルトハイム。グラーフェネック。そして、ゾネンシュタイン。

ゾネンシュタインでは四人の医師がガス栓《せん》の操作に携《たずさ》わったほか、睡眠薬の静脈注射も実施された。遺体からは金歯《きんば》が抜かれ、遺族へは偽《にせ》の死亡診断書が送られた。

一九四〇年から四一年にかけて、七万人が安楽死の対象となり殺害されたとされる。

そのうち、ゾネンシュタインのガス室で殺された数は一三七二〇人。

アウシュヴィッツがまだガス室を持っていなかったころ、受け入れと抹殺を請け負ったのも、ゾネンシュタインであった。

「患者は丸裸にされ、まとめて〈シャワー室〉へ入れられる。ガス栓を操作するのはほかでもない医師たちだ。室内の様子は、覗き窓から見ることができる。一分ほどで患者は動かなくなり、五分ほどしたところでガスが排出される。死体は台車に乗せて運び出された」

犠牲者の脳は収集され、解剖に附《ふ》された。

精神病は脳病であり、かならず目に見える原因が存在するというのが、当時のドイツ精神医学の綱領《テーゼ》であったからだ。

「かつて、おまえの父がよく言っていたことがある」

ふたたび、チャーリーはカズキの父について触れた。

野心のない、まるで余生を過ごしているような父の姿が浮かぶ。——迷ったが、これ以上隠しても仕方がないように思えた。

「……父はなんと？」

「いわく——我々は患者を治療しているのではない。人類を治療しているのだ、と。一人ひとりの患者を治療することが、人類そのもののさらなる理性につながるとな」

「さらなる理性——」

「これがイッキという一人の医師が掲げた理想だった。それを聞いて、わたしが語ってやったことがある」

つづけて、チャーリーはまた別の医師の名を挙げた。

ヴィクトア・フォン・ヴァイツゼッカー――ドイツの神経内科医で、安楽死に加担したことで知られた男だった。第一次大戦を経て、ヴァイツゼッカーは精神分析に興味を持ちフロイトを訪ねるが、フロイトは神秘的なものへの感覚がないと言って彼を拒《こば》んだ。

精神分析が個人に向かうのに対し、ヴァイツゼッカーの興味は、社会全体の相互連帯性にあった。

社会にとって有害な症状を、彼は社会的疾患と呼んだ。

魂は不死であると信じ、生物学的な命を犠牲にして社会の相互連帯性を維持することに、ヴァイツゼッカーは価値を見出した。

「負傷して手足を切断することがあるように、民族全体を救うために、病者を抹殺することには意味があると彼は言った。人間性や人権にとらわれるあまり、医療を個人の治療に限定して、集団の治療をおろそかにしてはならないのだと」

実際は――と、チャーリーが抑揚のない声でつづけた。

「ヴァイツゼッカーは集団に寄り添いすぎた。だからこそ、集団を癒《いや》すどころか、人類史的な集団の狂気に取りこまれたのだと言える。医師が患者から距離を置かねばならないように、集団を癒そうと思うならば、集団からも距離を置かねばならないのだ。もっとも、イツキのやつは、この話を聞いて考えこんでいたようだがな」

――ナチスの医師たちは、やがて連合国の裁判によって裁かれる。

臨床《りんしょう》試験や人体実験の倫理を定めるニュルンベルク・コードは、このとき生まれたものだ。

「では、ふたたび病院に光や温もりが戻ってきたのか」

そうではない、とチャーリーは言う。

「このころから爆発的に広まりはじめたのが、精神外科――前頭葉白質切裁術《ロボトミー》だ」

ロボトミーは第二次大戦前、ポルトガルの神経科医のエガス・モニスによって創始された。チンパンジーの前頭葉を切断したところ、性格が穏やかになったとの報告を受け、モニスは最初のロボトミー術に踏み切った。患者の前頭葉の神経繊維を切断し、それによって重度の抑鬱《よくうつ》症状が緩和したと発表したのだ。

ロボトミーが広まった背景には、精神科の入院患者が大幅に増加し、ベッドが足りなくなった一方、多くの症状がいまだ治療困難であったということがある。実際に社会復帰が可能となった例もあり、アメリカでは四万人もの患者がこのロボトミー手術を受けた。

ロボトミーの伝道師として活動したのが、ウォルター・フリーマンだ。

フリーマンはアイスピックを用いた経眼窩《けいがんか》式の術式を開発し、三千人以上もの患者にロボトミー術を施《ほどこ》した。

いまでこそ、ガンマナイフなどによるピンポイントの外科手術が可能となったが、闇雲《やみくも》に前頭葉を壊すだけのロボトミー術は、人格の荒廃や無気力化といった重大な副作用をもたらした。ただ、薬がなかった時代には、ありうべき最後の手段という面もあった。

それが衰退を迎えたのは、副作用のためというよりは、抗精神病薬が出現したからというのが大きい。

「みたび、精神医療は光を取り戻した」

チャーリーが手元のグラスを呷《あお》った。

「薬がなぜ効《き》くのかは、いまもって完全には解明されていない。なぜ前頭葉を切ると症状が緩和することがあるのか、わかっていなかったようにな。だが、薬の導入によって、精神医療はついに医療たりえたように見えた。そして、その先にあったものは――」

「……多剤大量処方」

カズキは相手の言《げん》を引き継いだ。二十一世紀の、目に見えないロボトミーだ。

チャーリーが頷いた。

「そして、正気の暗闇と特発性希死念慮《ISI》というわけだ。カズキ・クロネンバーグ――いや、カズキ・クラウジウスよ」

そう言って、チャーリーは貴重な地球産の酒を惜《お》しげもなくグラスに注ぎ足した。

「おまえに問う。我々は進歩しているのか、後退しているのか」

「それは……」

瓶《びん》が空いた。酩酊《めいてい》した頭に、男の低い声が響く。

「それすら判然としないのが、我々の仕事だ。だが、一つわたしが確信していることがある。精神医学の歴史とは、つまるところ、光と闇、科学と迷信の強迫的なまでの反復なのだよ」

……いつの間にか患者たちの声は静まり、かわりに低い換気音が聞こえていた。

チェック、と外から女性の声がした。見回りに来た看護師だった。病棟は夜から朝へ移り変わりつつあった。

チャーリーの表情がわずかに弛《ゆる》められた。

「イツキはどうしてる。こっちへは来ていないのか？」

「亡くなりました。わたしが大学を出るころに――」

「そうか……」

はじめて、老人の顔に何がしか人間的な陰翳《いんえい》がよぎった気がした。

わずかな間があった。チャーリーが身を捩《よじ》り、背後の棚から何かを取り出した。

「わたしに協力しろ、カズキ」

目の前に、カズキが何よりも欲《ほっ》しているものが差し出された。

エクソダス症候群の治療薬だった。

「薬の足りない開拓地のこの病院は、いまだ多くの点で癲狂院と大差ない。だが、カズキよ。こうは思わないか？　そうだからこそ――精神医学を二十世紀まで遡らせ、そこから分岐した新たな歴史を築くことができるのだと」

「新たな歴史とは？」

すぐに目の前の薬のシートを取ってしまいたい衝動を堪《こら》えながら、カズキは訊ねる。

「そうだな」

と、相手が遠くを見るように目をすがめた。

「ロボトミーも、多剤大量処方も、そして正気の暗闇もない世界、とでも言えばいいか」

「……正気の暗闇を晴らすのは、なんだとお考えですか」

躊躇《ためら》いがちに、カズキは質問を重ねた。

「新たな闇だ」

チャーリーは迷わずに答えると、嗄れた声で古い詩句《しく》を暗唱しはじめた。

　人生には、虱《しらみ》だらけの髪の男が緑色の空間の膜を灰褐色の眼差しでじっと見つめる、
そんな時がある、彼はおのれのすぐ前に妖怪の皮肉たっぷりに嘲笑《あざわら》う声を聞いたような
気がしているのだ。彼は体を揺すって頭《こうべ》を垂れる、彼が聞いたのは意識の声なのだ。

それは古い詩の一節だった。

「人権や人道を唱えるのもいい。それは、誰かがやらねばならない」

だが——とチャーリーはつづけた。

「クラウジウスの忘れ形見《がたみ》よ。おまえは暗黒と向き合うのだ。意識の声に耳を傾け、暗黒を直視し、悩み、狂い、葛藤《かっとう》し、懊悩《おうのう》し——そして一抹の真実を持ち帰るのだ」

第四章　ランシールバグ

この心理学は、人間の心理の発達段階において「自己実現」のさらに先に位置する「自己超越」の側面に大きな関心を寄せている。人間性心理学者でありトランスパーソナル心理学の創設にも深く関わりをもつエイブラハム・マズローは、トランスパーソナル心理学について次のように簡潔に説明している。

「私は第三の勢力である人間性心理学を過渡《かと》的なものと思っている。私はトランスパーソナル心理学を、人間性、アイデンティティ、自己実現などを超えて、人間の欲求や関心ではなく、宇宙を中心に置いたトランスパーソナルな、トランスヒューマンな、より高次の第四の心理学の土台として捉えているのである」

——安藤《あんどう》治《おさむ》『瞑想《めいそう》の精神医学』

1

湿った大鋸屑《おがくず》がバーの店内に敷かれ、どこかの民謡をアレンジした垢抜《あかぬ》けない四つ打ちのダンスミュージックがかかっていた。薄暗い。鉄製のカウンターのほかに、相席《あいせき》のテーブルが六つあるだけの狭い店だ。隅の壁には廃材を組み合わせた不恰好な手製のバイオリンがかけられ、その真下で、大鋸屑の上に直接ごろ寝する男がいた。

バーは宿泊施設を兼ねており、いくばくかの金を払えば床で寝かせてもらえるそうだ。二階のベッドが一番高く、カウンターの裏の床がその次。一番安いのが、隅の床の上だ。

鏡越しに、バーテンがこちらを一瞥《いちべつ》した。

鏡は防犯用だ。揉《も》め事が起きれば、カウンターに隠されたショットガンの出番となる。

カウンターに立ち、玉蜀黍《とうもろこし》の濁酒《どぶろく》を頼んだ。無言で、素焼《すや》きのカップに温《ぬる》い酒が注《つ》がれる。わずかに発泡した酒は、酸味があってそれなりに飲める。棚には埃《ほこり》をかぶった洋酒の瓶《びん》もあるが、怖ろしく高い。カズキも地球を発《た》つ際に一本持ってきたが、それはいざというときに売るためだ。棚の洋酒も、おそらくは金に困った移民が売り、貨幣がわりに人から人へ流れたものだろう。

流れている曲に、ぶつぶつとノイズが入った。

バーテンが舌打ちをして、曲を再生している端末を叩く。直った。カズキの視線に気がついて、

「新しいやつを持ってたら、売ってくれよ」

と、苛立《いらだ》たしげに訊いてくる。

「長いこと使ってきたんだが、いい加減、がたが来てな」

首を振って、カズキは素焼きのカップに浮いた汗を拭《ぬぐ》った。

ふと、鏡の隅にマジック書きされたサインが目に止まった。ジェーン・マックスウェル、と書かれている。シロウ医師が熱を上げているという、女賞金稼ぎの名だ。

「……それ、本物のサインですか？」

仏頂面《ぶっちょうづら》だったバーテンが、急に笑みを浮かべる。

「二年前、この街を訪ねてきてな。ファンだと言ったら、これを残していったよ」

「その鏡を手に入れるためなら、全財産を払いそうな同僚がいます」

やらんぞ、とバーテンはこちらに背を向け、汚れた食器に砂をかけて拭った。

オーディオの調子がまた悪くなる。入口近くで嚙《か》み煙草《たばこ》を嚙んでいた男が、テーブルの下の痰壺《たんつぼ》にぺっと唾《つば》を吐いた。新しい客が来て、鏡のなかのバーテンがぴくりと眉を上げた。

客はカズキの隣に立つと、

「彼と同じのを」

と、こちらのカップを指し、カウンターの下のポールに片足を置いた。

「……あなたの給料なら、もう少しいいやつだって飲めるでしょう」

「患者に満足に薬も出せないのに？」

それもそうね、と仕事帰りのカタリナはカップに口をつけた。白衣ではなく、地球産の古い革のジャケットを羽織《はお》っている。

カタリナは酒を呷《あお》ると、ふう、とため息をついて肩を鳴らした。

「よく来るのですか？」

「たまにね」相手がこちらを見ずに応《こた》える。「でも、今日はあなたに用があった」

病院の外で、話をしたかったのだという。

カタリナが言うには——これまで彼女は、仕事の合間《あいま》を見ながら看護を学んできた。実力主義の開拓地には、資格制度のようなものがないのだ。

だが、前の病棟長が倒れてから忙しくなり、その時間も取れなくなってしまった。ずっとこれがつづくようにも感じられ、このごろは気力が尽きつつある。

「それは……」

口籠《くちご》もってしまった。

人手もベッドも慢性的に足りない。いまは、現状を維持するだけで精一杯だ。一部のスタッフの負荷が高い一方で、教育まで手が回らず、技量が低いまま放置されている新人もいる。リュウやカタリナの負荷を減らすことを第一に考えてはいるが、その目処《めど》もまだ立たない。自分自身、チャーリーから薬を貰ったとはいえ、エクソダス症候群という爆弾まで抱えてしまった。だから、確かな約束ができないのだ。

「できるなら――」

いまの職場には留《とど》まりたい、とカタリナが言う。

「これまで、街から街へ流れてきた。行き倒れから靴を盗んだことだってある。でも、やっと腰を落ち着けることができた。開放棟に愛着もあるしね」

だが、突然に体制も変わり、不安も大きい。

ほかの病棟がリュウやカタリナを欲《ほっ》していることも知っている。閉鎖病棟の第四棟や第八棟へ転属しろと突然に言われて、その先つづけていける自信はない。

カズキは、第七棟をどうしたいと考えているのか。

それを聞いた上で、彼女なりに進退を考えたいということのようだった。

――結局、カズキはできる限りありのままを話すことにした。

まず、彼女を手放す気はないこと。第七棟については、まだ現状維持がやっとだが、ソーシャルワーカーと連携して訪問看護を増やすなど、稼働率を下げるために打てる手を打ちはじめていること。勉強の時間を持てるようにすることだけは約束した。

「わかった」

相手は頷いたが、さして期待している風でもない。

優秀なスタッフの希望を叶《かな》えられないことが、口惜《くちお》しく感じられた。もっと力が欲しいとも思った。――新天地へ来て日も浅いのに、もう、身動きが取れなくなりつつある。

隅で眠っている男の呼吸が止まった。

しばらくして、またいびきが聞こえはじめる。それを一瞥したカタリナが、男の宿無しはいいね、と抑揚のない声で言った。

「なぜです」

「……あたしは、気楽な渡り鳥とはいかない。適当な男に匿《かくま》ってもらうよりないからね」

なるほど、とカズキは気の利《き》かない返事をした。

地区から地区へ流れたという彼女の過去を想像すると、何も言えなかった。

2

昨夜の酒がたたり、頭が痛い。

開拓地の酒は夾雑物《きょうざつぶつ》が多いためか、翌日に重く残ることが多いのだ。カズキは眉間《みけん》を押さえながら椅子にもたれこんだ。

場所は、カズキの棟長室である。

中庭の中央に建てられた〈離れ〉の二階だ。窓から円筒状の病棟が一望できるが、視界の半分ほどは木々で遮《さえぎ》られている。陽光と見紛《みまが》うような調光のもと、医師や看護師がせわしなく病棟を行き来しているのが見える。

窓の下では、数名の患者が作業療法の草むしりをしていた。

作業療法士とともに、口を揃えて植民黎明《れいめい》期の歌を歌っているのが聞こえてくる。

窓から手を伸ばせば届く位置に、林檎《りんご》の木の枝があった。木は二本植《う》えられており、カタリナによるなら、木の機嫌さえよければ実をつけるらしい。実っている写真も見せてもらった。それは林檎には違いなかったが、地球の果物《くだもの》に慣れた目には、萎《しな》びた小さな実でしかなく、食欲はそそらなかった。

患者たちが歌っている様子は、見ていて心が静まるものだ。

だが実際は、タイトな病床管理《ベッド・コントロール》の上に立つ、ぎりぎりの長閑《のどか》さでもある。市の議会は、病床の三割増加と、加えて精神外科治療の大幅な増加を新たに求めてきた。

「中庭をつぶせば、倍以上の患者を収容できる」

というのが彼らの言いぶんだ。

しかし、ベッドの数の余裕は、単に面積に比例するものでもない。病院環境が悪化すれば、入院期間が長期化することも考えられるのだ。急いで病棟を拡張したところで、人材の確保も教育もままならない。まして、火星には医師免許制度もないので職場研修《OJT》の割合が大きい。

また、中庭はゾネンシュタインの象徴で、ウェブページも林檎の木の写真だ。

イワン院長は行政の求めに対して、

「これ以上詰めこむと、治療のための施設ではなく収容施設になる。むしろ、街中《まちなか》に外来施設を増やす必要があるはずだ」

などと、やり過ごしているようだ。

行政と言えば——開放棟は地球の病院と同じように、薬を民間の企業から購入している。しかしこの企業は、実態は行政の下部組織のようなもので、流通量も取引先も上の都合で決められ、あれこれと理由をつけて薬を送ってこないことがままある。だから、カズキとしては上と直接交渉したいのだが、民間の取引だから担当間で解決してくれと遮られてしまう。

——薬で思い出した。

デスクの引き出しを開け、エクソダス症候群の拮抗《きっこう》薬を取り出す。地球から持ってきた残りが一シートに、チャーリーから貰ったぶんが一束《たば》。窓の外の人目《ひとめ》を気にしながら、朝のぶんを服用した。

引き出しには、もう一つの頭痛の種《たね》が入っている。

一本のメモリ・スティックだ。中身は、まだ確認できていない。

——おまえにやってほしい仕事がある。

それが、薬を定期的に貰うことの引き替えだった。

このとき手渡されたのが、一本のメモリ・スティックだ。

——どれでもいい、おまえの棟のコンピュータにこれを挿《さ》してもらいたいのだ。

——挿すだけ、ですか？

カズキが眉をひそめると、

——別にメモリとして使ってもかまわん。

と、チャーリーは口の端を歪《ゆが》めた。

——おまえが興味を持ちそうなデータも入れておいた。父親のことを知りたいだろう？

メモリを眼前に掲げてみた。

人差し指ほどの大きさで、古いシリアル・バス規格に準じたものだ。地球では目にする機会は限られるが、堅牢《けんろう》な昔ながらの機器が好まれる開拓地では、いまも広く普及している。エクソダス症候群の薬は、何を措《お》いても手に入れたい。

だが、そうだからといって——。

——ウイルスですか。

カズキが訊ねると、相手は当然のことのように頷いた。

——挿したコンピュータに自動的に感染する。万一、企《たくら》みが露見して責任を追及されたとしても、おまえは知らなかったと主張することができる。

——目的を教えてください。

カズキとしても、いまさら背に腹は代えられない。実のところ、EL棟を訪れたのも、秘密裏に薬を手に入れられないかと思った面があった。だが、患者やスタッフの不利益になることは避けなければならない。

うむ、と相手の老人は頷くと、嵌《は》め殺しの小窓の向こうの、本物の夜に向けて目を細めた。

——もっと外を識《し》りたいのだ。

——外？

——この房《ぼう》もこれで悪くはないのだが、いい加減に飽きが来ていてな。

チャーリーはEL棟の長《おさ》でもあるが、同時に患者として拘束《こうそく》されてもいる。情報も入ってこないわけではないようだが、ネットワークへのアクセスとなると、メール等を除くと棟内の内部ネットワークに制限されている。

院長や他の病棟長が自分を怖れているからだ、と彼は言う。

カズキに渡したウイルスは、まず外部へのアクセス権を手に入れるためで、知識を得たいという以上の意図はないと。

——ですが……。

——考える時間をやる。

そう言うと、チャーリーは薬とメモリをそっとカズキの手に握らせたのだった。

いま、人工の調光の下でカズキは思案を巡らせる。

外を識りたいという彼の言《げん》は、嘘のようには思われなかった。しかし、真実そのままではないとも感じられた。

あの男は、新たな歴史を築くと言った。それは具体的に、どのような病院の姿となるのか。

——チャーリーの志向は、反精神医学《アンチ・サイキアトリー》のそれと近い。

反精神医学とは、二十世紀に興《おこ》った一種の思想運動である。

精神疾患などというものは本来は存在せず、精神病の烙印《らくいん》は社会統制でしかないというのがその主張で、電気ショックや薬物、ロボトミーといった治療行為は、人間の尊厳を傷つけるものだとして斥《しりぞ》けられる。

ときにその矛先《ほこさき》は、ナチス政権下の大量殺人といった負の歴史にも向けられる。

彼らにしばしば見られるのは、反権力的な性向や、正気や狂気といった線引きを超えた内的世界の希求——そして、スピリチュアルな要素だ。

しかし、チャーリーという人物は、反精神医学的な視点から精神医学を眺めながら、なおかつ、精神医学を露悪的に肯定しているようにも思われた。

むしろ、反精神医学が糾弾《きゆうだん》する過去の暗黒にこそ、価値があるとでも言うように。

カズキは掌上《しようじよう》でメモリを転がした。どのみち、無法状態に近い開拓地である。ウイルスを拡散させてでも中身を見てやれという思いはある。ここに収められているという、父に関する情報が気になるのは確かだった。

赴任して気がついたのは、ゾネンシュタインは世代交代が激しく、父の世代の職員があまり残されていないということだった。チャーリーを除けば、ほとんど院長くらいのものだ。

彼らは、父とどのような関係であったのか。

だが、メモリを挿せば、医師として引き返せなくなる気もした。

——このとき、中庭から獣《けもの》のような吠え声が聞こえ、カズキは現実に引き戻された。

窓から見下ろすと、患者の一人が両手両足を突いて庭を歩いていた。短く刈《か》った髪を、アッシュグリーンに染め上げている。あの殺人犯、カバネ・ブーヘンヴァルトだ。

庭を行き来し、通りがかった患者たちを唸《うな》り声で威嚇《いかく》しているようだ。

事態に気づいた看護師が走り寄った。

カバネに脅《おびや》かされた患者がパニックを起こし、それを別の看護師がなだめはじめる。

ジャン＝ルルウ・アスカイ　開放棟リハビリ療法士
患者A14B6、中庭にて狼《おおかみ》のように両手両足を突いているところを保護室へ移送した。妄想発作のように思われるが不明。医師の指示求む。

カズキ・クロネンバーグ　開放棟病棟長
動物化《ライカントロピー》と思われる。可能なら画像診断を行うこと。

動物化——ライカントロピーと呼ばれる症状の由来は、古代の人狼《じんろう》伝説にある。精神科の症状としては重篤《じゅうとく》なものとされ、単なる獣の真似ではない、知覚レベルの変容があると推定されている。

獣化した患者の神経画像《ニューロイメージ》は、まったく未知のパターンを示すからだ。

だがどうあれ、近赤外分光《NIRS》などの画像診断でわかるのは、おおまかな脳血流のみ。推定される病因は、無数に考えられる。結局、はっきりしているのは、彼女の長いカルテに、また一つ新たな診断が加わったというだけだった。

3

――ノブヤ・オオタニが奇妙な依頼を持ちこんできたのは、その日の午後のことだ。

初日の深夜、開放棟のコンピュータでプログラミングをしていた患者である。どういうわけか気に入られ、本人の希望で担当することになったのだ。

ノブヤは、この棟長室へ来たのがはじめてのようだった。

観葉植物やミーティング用のスペースを興味深そうに見回して、

「……いいところだね」

と、素朴な感想を漏らした。

薬の副作用で目が翳《かす》むらしく、ノブヤは頻繁に目を瞬《しばた》かせている。前の担当医の診断によると、妄想型の統合失調症。再入院時には陽性症状と呼ばれる幻覚や妄想があったというが、いまは思考障害などの陰性症状が目立つ。

ときおり同じ単語を何度もくりかえしては、自分でそのことに気づき、不自由そうに話をもとに戻す。

本来の知力と、いま現在の状態が解離している様子が垣間《かいま》見え、痛ましくもあった。

雑談を交えながら、カズキは時間をかけて問診を終える。

これは、ゾネンシュタインに合わせたやりかただ。

充分な薬や機材があれば、診察を短くしてもいいのだが、ここでは患者との連帯を重視し、些細《ささい》に思われる情報も積極的に収集したほうがいい。

地球での短い診療に慣れたカズキにとっては不如意《ふにょい》でもあるのだが、同時に新鮮でもあり、本来やりたかった治療のありように近い気もする。このあたりは、複雑だ。

「ほかに気になることはありますか」

お決まりの質問をすると、

「ぼくは――」

と、ノブヤが遠慮がちに切り出した。

「ぼくは、ぼくは……小さいころの記憶がないんだ。元は、このあたりの捨て子で――」

思い出せる最初の記憶は、開拓地を一人でうろついていたときのことだという。

子供だったノブヤは、飲み屋の手伝いをして賄《まかな》いをもらうなどして生き延びた。彼曰《いわ》く、鈍《のろ》まなところがあり、人と話すのは苦手であった。飲み屋の親爺《おやじ》には怒鳴られることのほうが多かった。

だが、ゲームや数学は得意で、店の常連客と将棋をやれば、まず負けることはなかった。

やがて客の一人が、この子は頭がいいと言い出し、ソフトウェアのプログラミングを教えた。

コンピュータがないので、石にチョークでプログラムを書き、それを頭のなかで実行した。

この石片《せきへん》が客の目に止まり、エンジニアとして雇われた。

脳内でプログラムを実行できるエンジニアは、案外に少ないのだという。

そして――開拓地では、健康よりも実力が問われる。ノブヤは入退院を繰り返しながらも、技術者として働きつづけることができた。

「でも……、このごろは、自分のルーツが気になってきて……」

ノブヤは自分が移民として連れられてきたのか、それとも開拓地で生まれた二世や三世なのかさえ知らない。なくした記憶は仕方がないが、ウェブの記事を通じて、診断によって母語を知ることができるとわかった。

そこで、ぜひその診断をしてほしいのだという。

母語が開拓地で用いられるクレオール英語であれば、ここの生まれである可能性が高い。逆にそれ以外の言語、たとえば日本語などであれば、地球の生まれである可能性が高いということになる。

「そうですね……」

カズキはちらと時計に目をやった。――まだ時間はある。

「近赤外分光《NIRS》を見てみましょうか。ただ、ヘルメットのような装置をつける必要がありますが、かまいませんか」

先に確認をしたのは、かつて、NIRSによって思考を覗かれたと訴《うった》え出た患者がいたからだった。皮膚を切ったりせずに検査を行える非侵襲《ひしんしゅう》の装置ではあるが、どこまでが侵襲でどこからが非侵襲かは、患者によって異なるのだ。

ノブヤが頷いたのを見て、計測用のヘルメットを手渡した。

この装置は、近赤外線を頭蓋《ずがい》内まで透過させ、その反射光を測定することで、ヘモグロビンの増減——つまり、おおまかな血流を見ることができる。この血流のパターンを通じて、ある程度の客観性を持つ、精神科領域の診断が可能となる。

空間測定能は核磁気共鳴画像法《MRI》に劣るが、安く、場所を取らない。

いま使っている装置一式も、地球から送らせたものだ。地球では枯《か》れた技術だが、開拓地ではまだ装置が少ない。いざとなれば、屋台《やたい》にでも乗せて開業するつもりでいる。

「お見せします」

そう言って、カズキはブラウン管の画面をノブヤに向けた。

「赤く見える箇所が、いま、血流が活性化している部分です」

検査方法は、なるべく簡便《かんべん》なものを選んだ。英語、クレオール英語、日本語、そしてノブヤが話せないスペイン語の四つから朗読を聞かせ、それぞれを患者にヒアリングしてもらうという手順を踏む。

患者が言語活動に使う脳の部位は、基本的には、一度決まれば言語を変えても違いがないとされる。しかし、外国語を聞いたり話したりした場合、血流の増加が確認できる。

ノブヤの場合は、血流が一番多いのがスペイン語だった。

その次が日本語で、英語とクレオール英語では、ほぼ違いが見られない。

「つまり、どういうことだ？」

「あなたの場合、クレオール英語が母語である可能性が高いということです」

「ここで生まれたということか」

わずかな間を置いて、ノブヤは神妙な顔とともに頷いた。

それから、「もう一ついいかな」と、ポケットから一片のメモを出した。一瞬、妄想状態で書かれた無意味な記号の羅列に見えた。――違った。

```
FOR i% = 0 to 8
    IF RAND(1) > .6 THEN
        word$ = (my, name, is, John, I, was, born, in, US)
        j% = (i% + INT(RAND(1) * j%)) MOD 8
        out$ = word$(j%)
    ELSE
```

```
word$ = (my, name, is, John, I, was, born, in, US)
j% = 0
out$ = word$(j%)
END IF
PRINT out$
NEXT
```

几帳面《きちょうめん》な小さい文字で書かれたそれは、BASICと呼ばれる高級言語で書かれたプログラムなのだった。

手書きであるのは、ここに患者用の出力機器がないからだ。優先順にテクノロジーを取り入れた結果、開拓地にプリンターは少ない。アフリカの途上国などで、電力インフラより前に携帯機器が普及した現象と似ているかもしれない。

ノブヤが言うには——このごろ、奇妙な現象に悩まされている。深夜に書き継いでいるプログラムに、書いた憶えのない一節が混じり、エラーが出てしまうのだと。

混入するプログラムはいつも同じで、このメモはそれを書き写したものだそうだ。

最初は、ノブヤ自身、自分が譫妄《せんもう》状態で書いたプログラムなのではないかと思った。

「違うんだ」とは彼の訴えだ。「これは、ぼくが書いたものじゃない」

「なぜそう思うのです？」

「書きかたが違う。プログラムというのは、ちょっとした箇所に書いた人間の癖《くせ》や習慣が表れるものでね。たとえば、一行目であれば、ぼくならこんなふうに書く」

そう言って、ノブヤはメモに行を一つ書き足した。

```
FOR iLoopCnt% = 0 to 8
```

「職業的なエンジニアは、誰か別の人間が仕事を引き継いだ場合を考える。だから、第三者にも意図が通じやすい書きかたをするよう習慣づけられている。でも、このプログラムの場合は、一見して挙動がわかりにくい。ソフトの専門家ではなく、むしろ別の分野の誰かが書いたものに見える」

ノブヤによると、エラーが出ることについては、すぐに書き直せばいいので実害はない。

だが、とにかく気味が悪いということだった。

「まるで、自分のいる世界そのものが不具合《バグ》を起こしているようで……」

ほかの医師に見せたところで、どうせおまえが書いたのだろうと思われてしまう。

しかし、カズキであれば、話を聞いてくれるのではないかと考えたそうだ。

そう言われてしまうと無下《むげ》にもできず、もう一度、メモに目を落としてみた。不意に、既《き》視《し》感がよぎった。目を瞑《つむ》り、記憶をたどってみる。

——思い出した。

手元のコンピュータで検索をかける。まもなく、探していたプログラムが見つかった。既視感がよぎったのは、学生のころ、講義で取り上げられたことがあるからだった。

「わかりました。……これは、一種のシミュレーションのようです」

「シミュレーション？」とノブヤが目を瞬かせた。

「オリジナルのプログラムは二十世紀に書かれたもので、統合失調症の患者をシミュレートすることを目的としています」

「どういうことだ？」

「冒頭の箇所に〝わたしの名前はジョンです。アメリカ生まれです〟という一文が埋めこまれていますね。このプログラムは、そこからランダムに語彙《ごい》を選んで出力します。実際に動かしてみると、たとえば〝わたし名前名前はジョンアメリカ生まれわたし〟といった文章が表示される」

「わからないな」

ノブヤが腕を組んだ。

「シミュレーションと言うが、要は、単にランダム化なんだろう？」

「これが書かれたころ、精神医学にコンピューティングの概念を取り入れて、精神疾患のモデルをクロックやレジスタの狂いとして捉える考えかたがあったそうです。それで、このように統合失調をシミュレートしてみようという動きも出た」

ですが——とカズキはつづける。

「一九九〇年ごろですから、いまからすればコンピュータの黎明期です。人工知能の研究もまだ進んでおらず、これだけのものでも、目新しく映ったのです」

「でも、誰がなんのために……」

ノブヤは納得しきれない様子であったが、ひとまず診察はそこで打ち切られた。

カルテを更新してから、習慣的に端末を確認した。——自分の目蓋《まぶた》が震えるのがわかった。

［送信者］C・D・P

［本文］先日は楽しかった。薬を服《の》むのを忘れぬよう、自愛を。

チャーリーからのメッセージだ。直接そうとは書いていないが、カズキに決断を促《うなが》しているものと思われる。

——対応を考えるより前に、ナースステーションからの内線が鳴った。

喧嘩騒ぎを起こした患者を保護室に入れようとしたところ、十二床《しょう》ある保護室がすでに一杯になっていた。間に合わせとして個室に入れて鍵をかけたが、できるなら他の病棟に収容してほしいという。

わかったと答えたものの、どの病棟も状況は似たようなものだ。

デスクの上には、病棟の平面図と内線番号の一覧がある。それを見ながら、閉鎖病棟の第四棟へ内線をかけようとして――ふと、手が止まった。

カズキは第十棟の救急外来棟をコールした。

4

看護師たちが申し送りを終え、シフトも切り替わったころだ。

「カズキ、ちょっといいか——」

と、開け放しの戸口から声がした。立っていたのはリュウ・オムスクだった。

「ええ」

そう応えながら、リュウの姿を見てほっとしている自分に気がついた。

どのような局面でも、リュウは実務的でフラットな対応をする。だから、彼と話していると安心させられるのだ。現場で彼の信頼が篤《あつ》いのも頷ける。

リュウはミーティング用の長机につくと、

「これを見てもらえるか」

と、書類が表示されたタブレットの画面をカズキに向けた。

業者からの薬の納品書だ。閉鎖病棟の第四棟に対して発行されたもので、ハロペリドールといった抗《こう》精神病薬の名前が読める。

あれこれと理由をつけて薬を納入しない業者が、閉鎖病棟に対しては薬を出しているのだ。

「なるほど……」

喉からつぶやきが漏れた。

第四棟の病棟長は行政や業者とのつながりが深い。優先的に薬を納入させ、その皺《しわ》寄せがこちらへ来ているというのが真相のようだ。

病棟長の姿が浮かんだ。いつも白衣ではなくカジュアルなシャツを着ており、口調は砕けているのだが、腹を割って話すのは難しいと感じさせる相手だった。

「それで——これを知った看護師が一人、辞《や》めると言い出してな」

リュウは留意したが、相手の決意は固そうだという。一瞬、カタリナの顔がちらついた。誰のことかと訊ねると、ようやく技術が身についてきたばかりの新人の名が挙《あ》がった。

「……あんたには滑稽《こっけい》に見えるだろう」

しばしの無言ののち、リュウが抑揚のない口調で言った。

「こんな地の果てのような場所で、病棟同士、争っているんだからな」

——リュウは地球の医療に憧《あこが》れているところがある。

カズキが取り寄せた近赤外分光《NIRS》の機器一式に、真っ先に興味を示したのも彼だった。プリミティブな問題の多いこの病院では、問診を重んじ、こうした機器を軽く見る医師も多いのにだ。しかし、いずれは薬も充実し、好むと好まざるとにかかわらず先進化していくというのが彼の見解だった。

一度、正気の暗闇と呼ばれている地球の状況について意見を交わしたことがある。

リュウはしばらく考えてから、双極性障害の再発率を訊ねてきた。一七パーセントであるとカズキは答えた。充分ではないかとリュウは言った。それ以上、何を望むのだと。

「それと――」

と、リュウが口を開いた。

「第四棟が、また患者の受け入れを求めてきた。おそらく、薬との交換条件だと思うが」

自分たちのルートで仕入れた薬を分けてやるから、かわりに溢れた患者を受け入れろということだ。これは、彼らがときおり使ってくる手口だ。

「今回は呑みましょう」

「わかった。……だが、もう保護室もいっぱいだ」

「一時的にですが、第十棟に患者を収容してもらえることになりました」

これを聞いてリュウは顔を上げた。

「どんな手を使った？」

と、意外そうに片眉を寄せる。

「先ほど話に出た、病棟同士の争いにも関係するのですが……」

カズキはいったん自分の机に戻り、病棟の平面図を持って戻ってくる。

――いま、ゾネンシュタインは病棟同士で対立しながらも、一定のバランスを保っている。

なかでも、伝統的に医師たちの発言力が強く、特に二つの閉鎖病棟が強い発言力を持っている。だから、薬を押さえるといった無茶が通ってしまうところがある。

このことに、救急外来棟といった他の病棟は、かねてより不満を抱いている。

突然の抜擢《ばってき》に戸惑いながらも、病棟長会議に出席し、他棟の医師にもヒアリングを重ね、カズキはこうした構図の全体像を把握しつつあった。

「ですから……」

カズキは軽く頭を掻《か》いた。

「彼らを焚《た》きつけて、病院を二分させてしまおうと思うのです」

「なんだと？」

「閉鎖病棟は力もあり、薬の仕入れも押さえている。対して、開放病棟は低く見られているところがあります。でも、考えてみてください。この閉鎖病棟の患者は、病状がよくなれば開放病棟で経過を見て退院となることが多い。わたしたちが臍《へそ》を曲げれば、困るのは彼らなのですよ」

それで、とカズキは平面図を指さした。

「相手が薬の流れを押さえるというなら、わたしたちは病院のインフラを押さえようかと」

まず、患者や職員が出入りする、フロント・エンドである第十棟の救急外来棟。

物資や燃料が出入りするバック・エンドである物資倉庫を兼ねる第一棟。

「加えて、わたしたちの第七棟。この三棟で、第四棟と第八棟を包囲しようと思うのです。大きな病院とは、人体のようなものです。物資、薬、現金、設備――これらは血液やリンパ液のようなもので、そのどれが滞《とどこお》っても組織は病《やまい》に罹《かか》る。わたしたちは、必ずしも劣勢ではないのです」

「驚いたな」

そう言ったきり、リュウはしばらく黙りこんでしまった。

「だが……来たばかりのあんたが、それだけのことを?」

「事を起こすのは第十棟です。相手のほうから提案するように仕向けましたから」

第十棟の、おどおどした病棟長の顔が思い出された。

その彼には、悪くもあるのだが――。

「矢面《やおもて》に立つのも、いざというとき責任を負うのも、第十棟ということになります」

リュウは答えなかった。

かわりに、呆《あき》れたような、何か怖いものでも見るような目をカズキに向けてくる。

「どうかしましたか」

「いや――」とリュウは首を振った。「患者のためになるなら、俺から特に言うことはない」

消灯の時間が来た。

〈離れ〉を取り囲む病室から、一つ、二つ、と灯火《ともしび》が消えていく。慌ただしかった病棟もようやく静まり、今日のところはリュウも退勤したようだった。やがて病室の照明がすべて落ち、中庭が眼前に黒く穴を開けた。――その景色が溶けはじめた。カズキは夢の入口に立っていた。

赤茶けた荒野が周囲に広がっていく。

目の前には、荒れ果てた、研究所のような施設がある。誰かを捜している。でも、それが誰なのかを思い出せない。頭上から、女性のささやき声がした。

（A――林檎《Apple》。赤い色をした果実）

（B――鳥《Bird》。空を飛ぶ地球の生き物）

「誰だ？」

――自分の声で我に返った。

椅子が汗で濡れている。疲れているのか――あるいは、エクソダス症候群の症状か。カズキは引き出しから夜のぶんの薬を取り出し、冷めた代用コーヒーで流しこんだ。

ノブヤの昼間の言葉が思い出される。

――まるで、自分のいる世界そのものが不具合《バグ》を起こしているようで……。

不意に、寒空に放り出されたような寄る辺《よるべ》なさが襲った。このとき、戸口に影があることにカズキは気がついた。薬を服む場面を見られたかと思い、慌てて身を起こす。

そこにいたのは、いつかの失語症の患者、ハルカ・クラインだった。

一果《いつか》のドライ・アプリコットを手に乗せ、こちらに差し出している。年齢はカズキとそう変わらないはずだが、長く入院しているからだろうか、表情に険《けん》はなく、子供のようにさえ見える。

「それはわたしに?」

ゆっくりとハルカが頷き、おずおずとデスクの傍《かたわ》らまでやってきた。

「すまないが、患者からの貰いものは……」

そこまで口にしたところで、縋《すが》るようなハルカの視線が刺さってきた。遅れて、ここが地球の病院ではないことを思い出した。果実を受け取り、ゆっくり頭を下げた。視界の隅で、相手の表情が輝くのがわかった。

ハルカは物言いたげだったが、そのまま逃げるように部屋を出て行ってしまった。

このハルカという患者については、スタッフから意外な事実を聞かされていた。もとは捨て子であったのを、イワン院長が引き取ったというのだ。名字が違っているのは、色眼鏡で見られないようにという配慮であったが、どのみちスタッフのあいだでは知れ渡っており、開放棟の皆が彼女を育てているようなものだという。無法者の院長も、ハルカの前では形無しだという話も聞く。

実を囓《かじ》ってみる。表面は汚れ、水気《みずけ》も少なかったが、自然な甘みがあった。

〈離れ〉を抜け出し、人目を忍んで情報訓練室に向かった。今日はノブヤも寝ているのか、明かりは落とされている。意を決し、コンピュータの一つを立ち上げた。

闇のなか、ブラウン管の光が青白く灯《とも》った。

起動を終えたところで、チャーリーから受け取ったメモリを挿入する。

戸口から物音がして、動悸が高まった。

ゆっくり振り向くと、前に中庭で目にした猫が入ってきていた。

アクセスに時間がかかったが、やがて画面にフォルダが開いた。おそらく、この時点でウイルスが侵入しているのだろうが、カズキにそれを知る手段はない。

フォルダには、写真や文書が無造作に保存されていた。試みに画像の一つを開く。地図データだった。この近辺のものだが、街がいまよりも小さい。テキストも開いてみた。

――読み進むにつれ、自分の表情が徐々に険《けわ》しくなっていくのがわかった。

＊

――結論から言えば、計画は失敗だ。

あるいは、最初から成功の見込みのない計画だったのか。信じてほしいのは、患者を巻きこむつもりがなかったことだ。

息子は地下に隠した。

わたしが隠れているのは、遊戯室のビリヤード台の下だ。見つからないよう、この端末のバックライトも落とした。

傍らには看護師が一人倒れている。

通電療法の装置を改造して、勝手に電圧を上げて笑っていた男だ。

ほんの少し前まで、逃げようとする患者を捕まえて足裏を鞭打《むち》っていた男でもある。足裏を打つのは、靴を履《は》いたとき外から見えなくなるからだ。患者が呻《うめ》くことさえやめ、動かなくなっても鞭打ちはつづく。

だがそれも、ゾネンシュタインでは日常的な光景だ。

医師一人に対して、患者の数があまりに多い。それなのに、医師は酒や賭け事にあけくれ、ろくに治療すら試みない。というより、精神医学自体をよく知らない。かわりに、看護師がグループを作り、暴力で病棟を統率する始末だった。

善意の誰かが声を上げたところで、誰も取り合わない。

今朝も、患者たちが泣きわめく隣の部屋で、医師たちはハーブティーを飲み談笑していたのだ。それを見た瞬間だ。わたしの妄想が、決意に変わったのは。

……イワン。きみには迷惑をかけることになる。

ここを共に変えていこうという、きみとの約束が果たせそうにない。あとのことを頼む。

チャーリー。きみを最後まで守れなかった。

だが医師たちは、わたしを含め、いままさに審判を受けているところだ。

いま、患者たちは口々に叫んでいる。

——脱出《エクソダス》、と。

この最果《さいは》ての地で、これ以上、どこへ逃げて行こうというのか。

SOSを受け取った保安官たちが、バーナーで扉を破って雪崩《なだ》れこんできた。彼らの足音や戸惑いの声、叫びや嘔吐《おうと》の音が病棟に満ち——やがて、わたしも助け出された。生き残りは、わたしを含めて五名だけ。

審判は下った。わたしは失敗したのだ。だからイワンよ、のちのいっさいをきみに託す。きみらしく狡猾《こうかつ》に、貪婪《どんらん》に、世のなりたちを作り変えてくれ。

否《いな》——わたしは、本当に失敗したのだろうか？

最初から心のどこかで、こうなることを直感していなかったか。この結末を、期待すらしていなかったか？

わたしの名はイツキ。イツキ・クラウジウス。

火星開拓地の狂える改革者。あるいは人類に対する裏切り者だ。

第五章　砂　漠

その人たちはテーブルに座って「ビール」を注文しました。男ふたり女ふたりでしたたし、少しいちゃつき合っていました。そのうちのひとりがわたくしに尋ねました。「ここはぼくたちが入ってもよいのかね?」「もちろんよ。どうしてそんなこと聞くの?」とわたくしは言いました。でもその人たちが飲んでいるのを見て主人は言いました。「もうこれ以上ビールを飲ませるな」と。「どうしてですか?」とわたくしが聞きますと、「そういうふうに要請されているんだ。どうしてそれを破れるか」、「彼らはコロニーからきているんだから」と答えが返って来ました。わたくしは考えました。「あの人たちは本当にコロニーから来ているのかしら」

——E・ルーゼンス『ギールの街の人々』

1

赴任から三ヶ月が過ぎた。

すっかり身体《からだ》の脂肪も落ち、胃は必要なものしか受けつけなくなった。潮《しお》が満ちるように、本能が戻ってきていた。寝つきや目覚めも悪くない。身体からも、心からも、無駄が削《そ》ぎ落とされてきたと感じる。

余計なものを持ち歩くことが減った。

腹の貴重品袋に、旅券やＩＤ、虎の子の米《べい》ドルを巻くほかは、手ぶらで歩くことが多い。

鏡を見ると、火星に来たころとはまるで別人だ。頬はこけ、目に鋭い光が宿っているのがわかる。開拓者の顔に近づきつつあった。

余計な思考に気を取られることも減った。

昔の精神療法に旅行療法というのがあったそうだが、これなどは、効果があったのではないかと思う。

特発性希死念慮《ISI》についての論文も書きついでいた。

いま取りかかっているのはビッグデータの分析だ。ＩＳＩの患者は予兆なく突然に自死するので、症例の収集が難しいが、ウェブへの書きこみといったログは残されている。そして、ミニブログの文章などを用いた精神科の診断技術も、二十一世紀にはすでに確立されている。

カズキはまず、彼らの膨大なログに既存の診断を当てはめてみようと考えた。

ＩＳＩを発症させる患者は一時的な鬱《うつ》状態になっていたのではないかと、これまでカズキは考えていた。ところが、そうではなかった。彼らが相関を示すのは、思わぬことに、むしろ幻覚や妄想といった症状を示す統合失調症なのであった。

ようやく、この病《やまい》の尻尾《しっぽ》をつかんだと思った。

ＩＳＩの症例の報告など聞かないような開拓地で、研究を続けるのは滑稽《こっけい》にも感じられる。しかし、これをやめたら、自分が自分でなくなるようでもあるのだった。もっとも、夢で恋人の死にうなされるようなことは減った。むしろ、静かに供養《くよう》するような心持ちになってきていた。

自分のことを冷たいとは思う。

そういえば、彼女にも言われたことがあった。

——ときどき怖くなるの。

と、あるとき彼女は口にしたのだった。

——何を考えているのかわからない、冷たいものをあなたから感じて。

しかし逆に、自責した日々を振り返ろうとしても、自分でも驚くほど、細かいことを憶えていないのだった。脳が、辛《つら》い記憶をなかったことにしたのだ。虫食いのような空白の期間があり、それよりも前の自分は、もはや別人のようにも感じる。

人間として大切な連続性を断たれたような、漠《ばく》とした虚《むな》しさに襲われることもあった。

あるいは、その空白を埋めたいと願い、ＩＳＩの研究をつづけているのかもしれなかった。

——食事は必要最低限しか摂《と》らなくなったが、かわりに、味覚が鋭くなってきた。

あるとき、開拓地のケチャップは不味《まず》いとこぼしたところ、医師のシロウ・リリーヴェルトがカズキの寮を訪れ、土産《みやげ》だと言って、賞味期限を一年過ぎた地球のケチャップを置いていった。

ケチャップと引き替えに、シロウは地球の食事の話をカズキから聞き出そうとした。

わざわざカズキに訊かずとも、地球からの移民は次々にやってくるのだが、シロウに限らず、地球の食《しょく》の話を聞きたがる者は多い。そして、何度も同じ話を聞きたがるのだ。しかし、この土地にないものについて語るのも気が引け、カズキは実際より質素に語ってしまうことが多かった。

「カラミティ・ジェーンはもう飽きたのですか」

「まさか！」相手は心外だとでも言うように、「今度、巡業に来るそうなんですよ！」

賞金稼ぎなのかアイドルなのか、どちらなのかと疑問に思ったが、確認するのも馬鹿らしい気がしたので、この件は謎のままだ。

――カズキや他の病棟長が動いているあいだも、病棟は見かけ上の平穏を保っていた。第十棟が旗を振る包囲網には、検査技術棟である第九棟も加わり、期待していた以上に一般職員や検査技士の支持が多いこともわかった。

彼らとしては、自分たちが病院を縁《えん》の下で支えている思いがある。それなのに、医師たちばかりが力を持つことに、かねてより不満を抱いていたのだった。

やがて薬を握る閉鎖病棟に対して、他の病棟がインフラを握って牽制《けんせい》する構図が出来上がった。とはいえ、どちらも消耗戦をやる気はない。遠からず、一定の協力関係が生まれることが予想された。

だから、院長もこの争いについては見て見ぬふりをしている。

チャーリーの動向も気になったが、何かにつけ饒舌《じょうぜつ》な彼も、この件については、現世《げんせ》の争いごとに興味はないとばかりに、静観を決めこんでいる。

次第に、カズキの棟長室を訪ねてくる者も増えてきた。

用件はたわいもない愚痴《ぐち》からハラスメントの相談、要望、生活上の相談などに及んだ。

抜け目なく動向を探りに来た行政の人間もいた。サーシャと名乗ったその男は、話の最中にこんなことを漏らした。火星の首長とイワン院長が緊密な仲であり、病院側が投資している製薬工場から、首長に利益が回る仕組みであるのだと。

サーシャはそれを不満に思っているようだったが、カズキとしては複雑だった。どのみち製薬工場は必要なのだ。そして、既得権が生まれるからこそ人間は動く。院長のやりかたが間違っているとは言い切れないのだ。そう思う一方で、医師として何かが磨《す》り減っていくようにも感じられた。

リュウやカタリナと話す機会は減っていった。

……いま、窓の下の中庭は朝の礼拝を終えた患者たちで賑《にぎ》わっている。

開放棟にはミッション系の医師の働きかけで、患者のための礼拝堂が設《しつら》えられているのだ。移民には無宗教者もいるが、宗派を問わず、深い信仰心を示す者も多い。死を意識させられる過酷な環境から、種《しゅ》の故郷である地球を俯瞰《ふかん》することは、心を揺さぶられる体験となる。これが、人によって宗教心を目覚めさせる契機になるようなのだ。

宗教心に目覚めた開拓者の信心は深く、ある者は白湯《さゆ》のように薄いスープを手にしながら、またある者は労働の一日の終わりに、小さな祈りを欠かさない。信心深いとは言えないカズキも、その様子には心打たれるものがあった。

中庭の患者はそのまま病室へ戻る者、留《とど》まってベンチで談笑する者とさまざまだ。聖書と賛美歌集を手にしているが、必ずしも、教えを理解しているわけではないらしい。しかし、凪《な》いだ水面《みなも》のような、静かな信心が共通して感じられた。

それにしても――。

父が書いたというあの手記の内容が、この場所で実際に起きたとは信じがたい。

記録が残っていないかと、カズキは電子ベースの文書も漁《あさ》ってみた。しかし、事件があったと目《もく》されるのは情報システムが整備されるより前のことで、それらしい文書は見つからなかった。

当時から勤務していたという検査技師を見つけ出し、話を聞いてみたが、

「なにぶん、昔のことだからな……」

と、思い出したくない様子を覗かせるのみだった。

天幕の外は、嵐だ。

端末が砂嵐のアラートを出していたが、病棟にいるぶんには、気配さえ伝わってこない。かわりに、窓の下から話し声がした。先ほどまでと雰囲気が異なり、ひそひそとした不安そうなささやきだ。

見下ろすと、林檎《りんご》の木の下に数名の看護師が集まり、患者たちが遠巻きにそれを見守っていた。患者のなかには、ノブヤやカバネの姿もある。

気になり、カズキも下に降りてみた。

皆が取り囲んでいるのは、いつか見たアニマルセラピーの猫の死体だった。それだけではない。喉を大きく切られ、草むらに横たわっているのだ。

「来たときは、もうこの状態で」

看護師の一人が声を震わせた。

「とにかく――」

このままにしてはおけないので、患者の目に触れないところへ移動させたい。

そう思ったところで、シロウ医師がランドリーバッグを手に駆け寄ってきた。すぐに、二人で猫を袋へ移したが、血の痕《あと》までは隠せない。靴裏で表面の土を払ってみるが、血は深くにまで染みこんでいた。

どうしましょうね、とシロウがバッグに目を落とした。

「埋めてやりましょう。場所は――」

セラピーで愛された猫である。

できるなら、患者が訪ねられる場所がいい。だが一部の患者は、死の観念に敏感でもある。

「建物の外側はどうでしょうか。病室から見えない、機関室の裏手のあたりなどは……」

「わかりました」

「希望する患者がいれば、差し障《さわ》りない範囲でつれていってください」

シロウとともに、患者二人が埋葬についていくこととなった。残りは、何をするでもなくその場に留まる者と、のろのろと自分の病室へ戻っていく者とに分かれた。このとき、カバネが何か言いたげにシロウの後ろ姿を見守っているのがわかった。

前に、彼女が猫の額《ひたい》を撫《な》でていたことを思い出した。

「待ってください、もう一人――」

シロウを呼び止めようとした。

「カバネだ!」誰かが叫んだ。「あいつがやったんだろ!」

たちまち、幾人かが付和雷同した。疑いは瞬《また》く間に広まり、やがて罵《のの》り声が上がりはじめた。皆が抱えていたカバネへの恐怖が、怒りに変わりつつあった。

「違う……」

と、カバネが口のなかでつぶやくのが聞こえた。

そこまでだった。カバネが走り出し、外周の廊下へ姿を消した。逃げ出してしまったことが、皆の疑いを確信に変えた。患者の一人が、あいつを追放しろとカズキに詰め寄ってきた。

そんなことでは手緩《てぬる》い、とまた別の誰かが言う。

「殺される前に、俺が殺してやるよ――」

カズキ・クロネンバーグ　開放棟病棟長

コード12、コード27。患者A14B6を発見次第、保護室へ。

カズキが連絡を流すと、一人、二人とスタッフが端末を取り出し、目を落とした。二つのコードは、暴力や逃走の予兆を意味する病院内の符牒《ふちょう》だ。元は院内放送で使われていた隠語《いんご》らしく、いまはマニュアルに整備されている。

棟長室に戻ったところで、無意識に首を振ってしまった。

カバネの問題は、スタッフも耐え切れないところまで来ている。保護室に入れたとしても、病棟へ戻す目処《めど》さえ立ちそうにない。

そして治療を試みるにも、いまだ、診断さえ下されていないのだ。

2

……カバネ・ブーヘンヴァルト、二十一歳。ドイツ系。

ゾネンシュタインに移送されてきて以来、彼女のカルテには無数の病名がｓ／ｏ《suspected of》とともにつらなっていった。はっきりとした診断が下せないのは、どの病に当てはめてみても、それまでに見てきた症例と微妙に異なるからだ。このことは、診察を試みた医師のほとんどが認めていることだ。

詐病《さびょう》も疑われたが、画像診断は前頭葉の血流が低下していることを示している。少なくとも、なんらかの病理がそこにはあるのだ。

自分のデスクの前で、腕を組んだ。何か突破口はないものか。決定的な症状でも、まだ試みていない検査でも、なんでもいい。

リュウ・オムスク　開放棟チーフ

患者Ａ１４Ｂ６を保護室Ｅ４－６に移送のうえ、検査を実施。鎮静状態。外傷なし。
バイタルＯＫ。尿《にょう》に蛋白《たんぱく》異常（＋＋＋）を検出。

尿蛋白異常は、前にも出たことがあった。その際は腎臓が疑われたが、泌尿器科《ひにょうき》での検査結果では、所見《しょけん》なしということだ。

ノックの音がしたので、「どうぞ」と応《こた》える。顔を出したのはノブヤだった。

「……カバネが心配でね」

「ひとまず、ここの保護室に入ってもらっています」

そう答えると、ノブヤの表情が少し弛《ゆる》んだ。

病棟では孤立しがちなカバネだが、どうしたわけか、ノブヤとは仲がいい。そればかりか、深夜、二人でいるところをカズキは目撃していた。その時間ノブヤは趣味のプログラミングに専念しているのだが、カバネは何を話すでもなく傍《かたわ》らに坐《すわ》ったり、ノブヤの肩に腕を回し画面を見つめていたりもするのだ。

——このときふと、カズキのなかに閃《ひらめ》くものがあった。

カズキ・クロネンバーグ　開放棟病棟長
患者A14B6の検査項目を追加。尿へのSM試薬検査を実施のこと。

口述でボードに指示を加え、カズキはノブヤに向き直る。

「なんでもいいので、彼女について教えてくれませんか。何か、気になることとか……」

患者に訊くようなことではない。

だが、ノブヤであれば、医師が見落とすことを見ているかもしれないのだ。

「あなたから見て、カバネは正常だと思いますか」

「いや」ノブヤは首を振った。「でも、自分とは違う病気であると思う」

彼のこの診断は、信頼できるものであるように思えた。

二十世紀末の有名な試みに、ローゼンハン実験と呼ばれるものがある。論文の正確な題は、〝狂気の場で正気であることについて〟――この実験で、デヴィッド・ローゼンハンは友人たちとともに、嘘をついて精神病院に入院できるかどうかを試した。

医師に訴《うった》える内容は、「ドスン《thud》という音が聞こえる」というもの。それ以外は、質問に対しすべて正直に答えるものとした。結果は皮肉だった。八人中七人が統合失調症と診断され、入院となった。

「診断は患者に内在するのではなく、状況のなかにある」

というのが、ローゼンハンの指摘である。

この実験の最中、彼は興味深い事実を見出した。医師はローゼンハンを正しく診断できなかったが、入院患者の多くが、彼が健常者であると見抜いたというのだ。ある患者は、あなたはジャーナリストか教授ではないか、と言い当ててきた。またある患者は、あなたは病院を検査しているのではないかと言った。

医師よりも患者のほうが、健常者を見分けることができるのではないかということだ。

「そうだ」と、ノブヤが何かを思い出したようだった。「――草」

「なんですって？」

「中庭の草を食べたり、煙草《たばこ》に混ぜたりしてたな」

――異食症。

反射的に、診断を下しそうになる。だが煙草となると、ほかに連想されるものもある。

たとえばそう、大麻《マリファナ》。

「その場所に案内してもらえますか」

ノブヤが頷き、二人で中庭へ出る。

〈離れ〉の裏手の壁際《かべぎわ》だった。白い、漏斗《ろうと》状の花がいくつも咲いていた。それを見た瞬間、すべてがカズキのなかでつながりはじめた。

「どうして、誰もこれに気づかなかったんだ……」

ストリートドラッグが検出されるはずもない。彼女にそんなものは不要だったのだ。

ノブヤが指し示したのは、一叢《むら》の朝鮮朝顔《ダツラ》だった。

カズキ・クロネンバーグ　開放棟病棟長

中庭に朝鮮朝顔《ダツラ》の自生を確認した。伴《ともな》い、患者A14B6の検査項目にスコポラミン検査を追加のこと。追って全患者について同様の検査を。

「これは？」訊ねてきたのはノブヤだ。

「幻覚性の植物です。原産地は、南アジアであるのですが――」

有効成分は、スコポラミンと呼ばれるアルカロイド。

中枢系抑制作用があり、世界最初の全身麻酔に使われたとも言われている。煮詰めて飲んだ場合は、長くて一日二日は幻覚や譫妄《せんもう》がつづく。

譫妄は深く、ときには夢遊状態となるというので、古くから、宗教の儀式やレクリエーションに用いられてきた植物だ。

誰が植《う》えたかはわからないが、大きく生長しているので、持ちこまれたのはだいぶ前のことだと推察される。

「喫煙でも幻覚は発生します。その場合は、数時間ほどで効果が切れる」

我に返ったら、冷蔵庫に靴が入っていたという症例をカズキは読んだことがある。

シロウ・リリーヴェルト　開放棟医師

さっきのSM検査だが、テストペーパー法で陽性反応を確認した。よって、顕微鏡検査を実施。尿に男性の精液が混入していることを確認した。


機械音が響いた。

カズキの報告を見た看護師が、朝顔を切るためにチェーンソーを持ち出してきたのだ。

かつての聖なる植物が、見る間に伐採《ばっさい》されていく。葉や茎《くき》が散り、舞い上がり、いっとき緑の雪となった。

ノブヤは呆然《ぼうぜん》とその様子を見ながら、

「やっぱり、詐病だったのかな……」

と、口のなかでつぶやいた。

それから、すがるような目をこちらに向けてくる。

詐病であれば、カバネはそのまま退院させられる。その場合は、改めて殺人の罪を問われる可能性もある。それならそれで、病棟にとって都合よくはある。

だが、カズキは首を振った。

「これは、詐病ではないんですよ」

リュウ・オムスク　開放棟チーフ
患者A14B6、スコポラミン検査陽性。朝顔の摂取《せっしゅ》があったと思われる。

……その患者は、あらゆる手口を使って医師たちを欺《あざむ》く。

あるときは嘘つきの詐病だと言われ、またあるときは社会や家族から弾《はじ》き出される。事実、その患者は嘘をつき、周囲の人間を意図的に欺く。

それでいて——その患者は、深淵《しんえん》に立たされている。

アミナ・ロックフォート　開放棟看護師
朝顔の伐採を完了。同様の幻覚性植物がほかに見られないか、植生の確認に入る。ほかの棟については、任せて大丈夫ですね？

口述を終えた看護師がカズキにウインクをした。

カズキは小さく頭を下げてから、ノブヤに向き直る。

「……この病では、さまざまな症例が報告されています。共通するのは、患者が意図して病を作り出すこと。そのなかには、精神病の症状も含まれます」

だが、それは詐病ではない。

「詐病の特徴は、病を装《よそお》うことによってメリットがあることです。軽い例では、たとえば学校を休めるとか。刑事犯としての告訴を逃れようとして、病を装う例もありました」

嘘をつくからには、通常、それに相応する合理的な理由がある。

——通常は。

「こんな症例があります。その患者は、豚の血液を採取して自《みず》らに点滴した。当然、深刻な症状が発生します。ですが、ここでわたしたちは考えなければなりません。そう——豚の血を自らに輸血などすることのメリットとはなんなのかと」

「あるいは」ノブヤが口の端を歪《ゆが》めた。「周りが優しくしてくれるかも」

「この病に対する一般的な理解は、確かにそのようなものなのです。しかし、考えてみてください。優しくしてもらいたいなら、わざわざそんなことをする必要はない」

拗《す》ねたり、甘えてみせたりすればそれでいいのだ。

「仮に病を装うにしても、風邪《かぜ》を引いたとでも言っておけばいいのです。要するに——」

割に合わない。

病を装うことが、患者にデメリットしかもたらさない——そしてときには、生命の危険すら生み出す。むろん、このとき患者自身の脳はなんらかのメリットを見出している。しかしそれは、現世の論理では許れない。

わかっているのは、リストカットのような自傷《じしょう》に限りなく近いということ。

しかし、自らを傷つけることよりも、病そのものを作り出すことが目的とされること。

「そんな症例があるのか？」

「報告されています。……確実に、一定数存在するのです」

ときに、患者は劇薬を自らに点眼する。

自らの膀胱《ぼうこう》に、他者の精液を注入する。そうすれば、尿蛋白を高められるからだ。

目の前のノブヤをちらと窺《うかが》った。おそらくは、カバネも同じ手段を用いた。そしてそれは、ノブヤにとっては知らないほうがいいことであるはずだ。

「精神医学は、それを病と認め、ある病名をつけています」

カズキ・クロネンバーグ　開放棟病棟長
患者Ａ１４Ｂ６を虚偽性障害と認める。

ようやくたどり着いた診断だ。

だが、この病はここから先が長い。行動療法を取らせるにせよ、カウンセリングを選ぶにせよ、彼女自身の協力が必要となるからだ。

ため息を一つ、カズキは天を仰いだ。正しくは、天を模した天井を。なぜだろうか、自然光を模した照明など地球にもありふれていたのに、ここでは息苦しいように感じられる。

おもむろに、カバネを収容している保護室に目を向ける。

保護室が並ぶのは、吹き抜けを囲む二階の廊下だ。そのドアの一つが開け放たれていた。

ふと嫌な予感が走った。

女性の悲鳴が響いた。

カズキが走り出し、ノブヤもあとにつづく。階段を駆け上がったところで、叫び声を聞いた別のスタッフと合流し、保護室へ滑りこんだ。

「誰か！」

患者の耳があることも忘れ、カズキは叫んでしまった。

それは予想だにしない光景だった。

床が、血で赤く染まっていた。血は床の溝に沿って流れ、排泄物《はいせつぶつ》を流すための穴に滴《したた》り落ちている。倒れ、呻《うめ》いているのはカバネだった。

傍らに、ナイフを手にカタリナが立っていた。

なぜ——と問う暇もなかった。

カタリナはこちらを一瞥《いちべつ》すると、獣《けもの》のように俊敏に襲いかかってきた。それを、ノブヤと二人がかりで押さえつける。

叫び声が上がった。

目の焦点は定まらず、瞳孔《どうこう》が開いていた。薬物だ、とカズキは即断した。おそらくは、覚醒剤かそれに類するもの。

かつてのボードの報告を思い出した。

――メタンフェタミンは、精神病のあらゆる症状を発現させます。

――以前、薬剤部での覚醒剤《メタンフェタミン》の盗難騒ぎがありました。

減ったメタンフェタミン。

あのとき、犯人はカバネではないかと疑われた。だが、そうではなかった。カバネは確かに薬物を使っていたが、彼女が使ったのは朝顔だった。

あれは、カタリナの仕業《しわざ》であったのだ。

おそらくは――負荷の高い業務を乗り切るため。

一人、二人と他のスタッフが保護室に雪崩《なだ》れこんできたが、カズキと同じように、相手がカタリナであると知って一瞬凍りついてしまう。気を取り直し、皆でカタリナに拘束衣《こうそくい》を着せようとするが、相手は身を捩《よじ》って抵抗する。――誰かの眼鏡が飛んだ。

「二人を救急棟へ――」

そう口を開いたときだった。

不意に、ノブヤが感情を爆発させた。彼は病棟中に響き渡るかのような叫び声を上げると、皆の隙《すき》を突いて保護室を飛び出していったのだった。

反射的に――カズキは皆に後を頼み、ノブヤを追って廊下を駆け出した。

3

嵐は一段と強くなっていた。

火星の薄い大気は、一年のこの時期に荒れ、身悶《みもだ》え、わずかな水蒸気を極から極へと渡り鳥のように運ぶ。砂粒が天幕を打つ音がひっきりなしに響き、それを子供たちが不安げに見上げていた。

ただでさえ遠い陽《ひ》の光は砂嵐に遮《さえぎ》られ、赤い夜が街を覆いつつあった。

人々はといえば、不安を打ち消すかのように大声でどなり、笑い、大音量の音楽を鳴らしている。そのなかを足早に歩くうちに、少し頭が冷えてきた。

バーでカタリナと話したことが思い出される。あのとき、彼女はなんらかのサインを出していたのだ。なぜ、もう少し踏みこんで話を聞けなかったのか。

金物《かなもの》や香辛料《こうしんりよう》が売られている通りに出た。

通りには暖かいフィラメントの光が灯《とも》り、まるで森の木々に光の果実が実っているようだ。玉蜀黍《とうもろこし》を茹《ゆ》でる湯気や肉を揚《あ》げる匂いが漂い、換気サイクルに乗って北から南へ流れている。街に古くからある市場《いちば》だ。病院からも、ときおりスタッフが買い出しに来ることがある。

泥まみれのブラウン管が路上にぽつりと置かれ、周辺に小さな人だかりができていた。映し出されているのは、昔のアニメーション映画だ。その前で、仕事にあぶれた男たちが薄い酒を飲みながら、食い入るように画面を眺めている。

道を訊ねると、男はぎろりとカズキをにらみつけ、不機嫌そうに首を鳴らした。

「まっすぐだ。……そうだよ、あのあたりさ……」

「――やられた！」

子供の声がした。見ると、中年の男が子供にカード博奕《ばくち》を教えているところだった。

あちこちで、自家発電用のメタンエンジンが唸《うな》りを上げている。石油資源がないため、自家発電の燃料はメタンが主だ。いずれは、馬車もメタン車に置き換えられるのだろう。

エンジンの音とともに、泥臭いブラスバンドの演奏が通奏低音のように流れている。音楽に誘《いざな》われるように、先へと進む。

やがてフィラメントの森を抜けた。

広場の一角《いっかく》で楽団が演奏をしていた。最初はブラスバンドのように聞こえたが、トロンボーンやユーフォニウムといった金管楽器に紛《まぎ》れ、エレキベースやチェロ、笛、リズム・ボックスと、皆がとりあえず音の出るものを持ってきたように見える。

人混みから少し離れた場所に、小さなベンチがあった。

そのベンチの上で、ノブヤは仰向けになって寝転んでいた。

「なぜここが？」

と、天を仰いだまま気怠《けだる》そうに訊いてくる。

「靴です」

カズキは相手の足下を指した。

「室内履《ば》きにGPSが入っています。うちには、認知症の患者さんもいますので……」

「だったら、位置情報を保安官にでも流せばいいだろう。何もあんたが来ることはない」

思わぬ指摘に、カズキは顎《あご》に手を当てる。

「……考えもしませんでした」

これは本心だ。

ノブヤは決まりの悪そうな苦笑を浮かべ、ゆっくり起き上がった。

「戻るよ。迷惑をかけたね」

と、広場沿いの通りに停《と》まっていた辻馬車の御者《ぎょしゃ》を呼び寄せる。

ゾネンシュタインまで、とノブヤが行き先を告げ、二人掛けの座席に乗りこんだ。

「あんたも乗るかい」

「そうですね……」

時計を見る。

いつの間にか退勤時間を過ぎていたが、どのみち仕事は山積みだ。カバネやカタリナのこともあるし、ノブヤを一人にさせたくもない。――そう思い、座席に乗りこもうとした瞬間だった。

――おいで。

と、カズキはまた何者かの声を聞いた。振り向いたが、誰もいない。

――来なさい。

もう一度、その声が言った。嵐の音も、ブラスバンドの演奏も止まって聞こえた。無音のなかで、人々が踊り狂っている。ぐらりと平衡感覚が揺らいだ。目の前の馬車の車輪にもたれかかる。手の感覚は失《う》せていた。

「――した」

頭上でノブヤが何か言った。

「どうした？」

「いえ――」

やっとの思いで、そう口にする。

「この人を、ゾネンシュタインまで……」

御者は怪訝《けげん》そうな顔をしたが、頷いて鞭《むち》を手に取った。

その手の動きが、ずいぶんと緩慢《かんまん》に感じられる。やっと、金管楽器のダブルタンギングの刻みが聞こえてきた。同じフレーズを、先頭に戻っては先ほどから何度もくりかえし演奏している。遅れて、ループしているのはカズキの認識のほうだとわかった。あるいは、演奏自体が幻覚であるのかもしれなかった。

エクソダス症候群だ。

いっぺんに、多くのことが起きたせいだろうか。いままでになく、症状が重い。ベンチに腰を下ろし、震える手で、懐《ふところ》から薬を取り出そうとした。

——こっちへ来なさい。

と、またあの声が風に乗って聞こえてきた。

カズキはのろのろと立ち上がり、声のするほうへ歩き出した。自分でも覚束《おぼつか》ない足取りだとわかる。やがて街の端まで来た。おかえりなさい、と書かれた小さなアーチがある。涸《か》れ川のような大きな谷に橋がかかり、その先には、隣の天幕の工業地帯が広がっている。

一軒の貸馬屋があった。

声に誘《いざな》われるまま——カズキは馬を借り、赤い闇に向けて橋を渡りはじめた。

4

地表を覆うポリマーの泡は、上空の嵐を受けて震え、海月《くらげ》のように微《かす》かに揺れ、光って見える。まるで水底《みなぞこ》にいるようでもあった。

見えない水は馬をひたし、カズキをひたし、音もなくあたりいっぱいを満たしている。長い煙突が延々とつらなっていた。なかには、天幕の外にまで突き出たものもある。製鉄工場やシリコン工場、セメントやセラミックスの生産工場といった基幹工業施設が、このあたりには集まっているという。一つひとつが昔の共産圏の建築のように大きく、距離感を狂わされる。

――開拓の基本方針は、現地調達による独自発展だ。

事業を拡大するにあたり、最大の原則は、水を含む水素資源を濫費《らんぴ》しないこと。このルールは、産業の発展を妨《さまた》げはするが、資源の浪費や環境の汚染に対する一定の歯止めとなってきた。

工場はそれぞれに地球上とは異なる仕組みで動いている。

用いられるテクノロジーは枯《か》れたものほど望ましいのだが、開拓地なりの事情もある。たとえば製鉄だ。酸化鉄はどこにでも転がっているのに、地球上の通常の製鉄は大量の酸素や水、そして電力を消費する。炉のコークスを作ろうにも、石炭《せきたん》がない。

が、鉄はすべての産業の母でもある。

そこで、製鉄所はO_2プラントを前身に作られることが多い。

O_2プラントはまず水を酸素と水素に分解し、大気中の二酸化炭素と水素を反応させ、水とメタンを作り、水を戻す。メタンを燃焼させ、炭素と水素を作り、水素を戻す。これで、二酸化炭素を酸素と炭素に変えるサイクルが完成する。

天幕が酸素で満たされはじめたところで、プラントは製鉄所に拡張される。

メタンの燃焼熱を炉に送りこみ、酸素と炭素、そして地表の酸化鉄を放りこむ。ここから鉄と二酸化炭素が取り出せるので、二酸化炭素をO_2プラントに戻し——これでやっと、鉄材が手に入る。

地表からは鉄のほかにケイ素化合物も採掘される。

これはセメントの原料となるほか、精製されてLEDやソーラーパネル、そしてICを生む。こうした産業が順調に展開され、人が増え、事故が起きず、植物が枯死《こし》せず、開拓地のサイクルに組みこまれれば、人類はその居住区域を広げたことになる。逆に、どこかで破綻《はたん》すれば、人々は暴徒と化して隣町を襲うこともある。

——来なさい。

ふたたび声が聞こえ、カズキは手綱《たづな》を握りしめた。

――そう、こっちへ……。

夢遊状態の自分を、醒《さ》めたもう一人が見下ろしていた。

目の前の煙突が、はるか頭上の天幕の外にまで伸び、横に影を落とし――影は別の煙突と交わり、巨大な十字をなしていた。

地面は酸化鉄の血の赤だ。その赤い闇の底に、工場の灯火《とうか》が光の島を形作っている。

施設の数が減ってきた。

盆地の果てが近づいてきていた。馬は嘶《いなな》きをあげ、赤い涅槃《ねはん》を駆けていく。枯れた低木《ていぼく》が、一つだけぽつりと立っている。遠くの農場から飛んだ種子が、いったんは根づきながらも、そのまま立ち枯れたものだ。

声がカズキを導く先は、古い、打ち棄《す》てられた研究所だった。

5

かすれた看板に、セラミックス・ラボラトリーと文字が読める。

門は何者かに鉄材として持ち去られ、セメントの塀《へい》に蝶番《ちょうつがい》だけが残されていた。カズキは馬を止め、敷地に足を踏み入れた。

研究所を見上げる。

二階建てで、煉瓦《れんが》を積み上げて建てられていた。暗く、窓は割れ、長く人が入っていないことが窺えた。不意に、郷愁《きょうしゅう》のようなものがよぎり、同時に動悸が高まってきた。

水面に波紋《はもん》が広がるように、奥底に眠っていた何者かの声が蘇《よみがえ》り、通り過ぎていった。

(A——林檎《Apple》。赤い色をした果実)

(B——鳥《Bird》。空を飛ぶ地球の生き物)

うっすらと埃《ほこり》の匂いがする。

研究所内のキャビネットは荒らされ、機器の類《たぐ》いも持ち去られていた。床にはセラミックス素材のサンプル片がばらまかれ、あちこちに青や緑、黄色の輝点《きてん》を作っていた。

海で貝殻を拾うように、その一つを手に取ってみた。

裏返すと、深い瑠璃《るり》色をしている。

階段を登ると、その先に施錠《せじょう》された扉があった。横にナンバーキーのパネルが一つ。電池が生きているらしく、赤色のＬＥＤが鈍《にぶ》く灯っていた。手が勝手に動き、ナンバーを押した。

ロックが解かれた。


（Ｇ――銃《Gun》。自由を守る武器）

（Ｈ――蜂蜜《Honey》。甘いペースト状の蜜、あるいは大切な人）


薄明かりが床に積もった埃を照らし出した。

この部屋は荒らされていない。

隅に、乳児用のベッドが二つ並ぶ。その傍らで、高さ四十センチほどの、台車のような形の看護用ロボットが動かなくなっていた。机には、古いコンピュータが一台。

缶が散らばっている。

拾い上げると、粉ミルクの空《あ》き缶だった。

照明のスイッチに手を伸ばすが、灯《あか》りはつかない。コンピュータも同様だった。挿《さ》されたままの記録メディアが目についた。それを抜き取り、自分の端末に挿してみる。

（Ｍ――乳《Milk》。哺乳類《ほにゅうるい》の母体が作り出す分泌液）

（Ｎ――神経《Nerve》。生体の情報伝達組織）

メディアの中身は、用途のわからないシステムファイルの類いが主だったが、なかに一つ、自然言語で書かれた文書が含まれていた。

日誌形式で、研究所での日々の出来事がまとめられている。

記録の開始は二十六年前。

作成者は――思わぬことに、ここで乳児を育てていた人工知能《AI》だった。

それによると、研究所が資金繰《ぐ》りの悪化によって閉鎖となった。出資者たちはセラミックスの開発よりも、発見されたばかりのウラン鉱山に目を向け、所員たちの多くが天幕の外の鉱山へ移っていった。

このとき、所員の子供であった一組の兄妹《きょうだい》がやむなく捨てられることとなった。ほかに養《やしな》う者もなく、せめてもの思いで、フリーのＡＩと看護ロボットを連携させた育児環境が作られた。作った所員は、二人が生きているうちに誰かに拾われることを願った。

ＡＩの働きは、彼が期待した以上のものだった。

単なる生命維持では、その後の適応が困難になると判断され、教育が試みられたのだ。

ＡＩは、まずブラウン管に色や図形を映しだし、乳児とのコミュニケーションを図《はか》った。

そして、チンパンジーへの言語教育を援用し、言語を教えようとした。

兄のほうは興味を示し、簡単な単語を発話できるまでになった。アルファベットのＡから順に、文字も教えた。

しかし、妹のほうはうまく行かず、仮に生き延びたとしても言語障害となると思われた。


（Ｙ――欠伸《Yawn》。眠いときに出る呼吸運動）

（Ｚ――シオン《Zion》。ユダヤの故郷の名前）


兄は成長が早く、扉のロックを外して外を探検するようになった。

やがて、一人の男が研究所を訪れた。男は鉱山労働者の健康調査をした医師で、二人の子供の噂《うわさ》を耳にして、半信半疑で様子を見に来たのだった。

「驚いたな」室内の状況を前に、その男は独言《どくげん》した。「ＡＩの育てた狼兄妹とは……」

男はイッキ・クラウジウスと名乗り、兄をカズキ、妹をハルカと名づけた。

第六章　エクソダス

そのとき、雲は会見の天幕をおおい、主《しゅ》の栄光が幕屋《まくや》に満ちた。モーセは会見の幕屋に、はいることができなかった。雲がその上にとどまり、主の栄光が幕屋に満ちていたからである。雲が幕屋の上からのぼる時、イスラエルの人々は道に進んだ。彼らはその旅路において常にそうした。しかし、雲がのぼらない時は、そののぼる日まで道に進まなかった。すなわちイスラエルの家のすべての者の前に、昼は幕屋の上に主の雲があり、夜は雲の中に火があった。彼らの旅路において常にそうであった。

——「出エジプト記」（40：34-38）

1

馬が怯《おび》え、耳を後ろへ伏せた。

戻ってきた街の様子は一変していた。ひっきりなしに、消防や救急の鐘《かね》の音《ね》が鳴り響いている。まるで、先ほどの楽団が街いっぱいに広がったかのように、怒声《どせい》や靴音、息づかい、馬の嘶《いなな》きが泡のように膨《ふく》らんでは弾《はじ》ける。

群衆の呼気《こき》はフィラメントの光に照らされ、乾いた寒い夜を白く翳《かす》ませた。

馬を返したかったが、店は無人となっており、小屋に残された馬たちが不安そうに前掻《まえか》きをしていた。逡巡《しゅんじゅん》の.のち、カズキはゾネンシュタインに向けて手綱《たづな》を開いた。慣れない筋肉を使ったため、脹《ふく》ら脛《はぎ》が痛む。夢のなかで上手《うま》く走れずに藻掻《もが》くようでもあった。

路傍《ろぼう》で男が一人、街の喧噪《けんそう》を冷めた目つきで眺めていた。

物売りだ。首から籠《かご》をぶら下げ、煙草《たばこ》や電池のばら売りをしている。

「この騒ぎは？」

馬を止めて訊ねると、男はじろりとカズキを見上げ、

「病気だとよ」

と無愛想に応《こた》えた。

「伝染《うつ》るもんではないらしいが、どうだかな」

そう言って、男は売り物の煙草を抜き取って火を点《つ》ける。

――遠く、山の斜面にゾネンシュタインの十の病棟が淡く灯《とも》っている。麓《ふもと》の外来棟へ向かう馬車の灯《ひ》が列をなし、カバラの生命の樹《セフィロトき》を模した病院に、黄色い光の根を形作っていた。

カズキの端末が震えた。

物売りに会釈《えしやく》をしてから、画面に目を落とす。リュウ・オムスクからの通話着信だった。

「カズキか？」

出るなり、相手の緊迫した声が響いた。

「何があったのです」

「集団発症だ」リュウが簡潔に答えた。「――エクソダス症候群のな」

突然の急患の増加で、病院の機能はすでにパンクしていた。

中央管理棟の院長室は開け放たれ、医師や事務方が慌ただしく出入りしていたが、カズキ

が入室したところで、イワン院長が人払いをして扉を閉めさせた。

部屋は片づいており、余計な調度品はない。ただ、わざわざ地球から取り寄せたという、一枚板の紫檀《したん》のデスクがあり、それが威圧感を放っている。

院長が引き出しを開け、そこから薬を十シート取り分けると、

「薬だ」

と、カズキに放ってよこした。

「集団発症の原因がわからない以上、医師や看護師への罹患《りかん》の拡大も考えられる。だが、とにかく薬の数が足りない。いいか――相手をよく選んで配れ」

――薬は一シートで十錠。

これさえあれば、幻聴や幻覚といった症状は抑えられる。だが、朝晩に服《の》む薬なので、十人で分けても、五日でなくなる。

自分も罹患していることを思うと、冷たいものが這《は》い登ってきた。

定期便からの補給は、通常の罹患率を想定した量しかやってこない。要請を出しても、それが反映されるのは半年先のことだ。

「患者への投与は最低限に抑えろ。暴力行動が見られる者は保護室へ」

「ですが――」

反射的に異を唱えかけて、

「やるだけやってみます」

と言い直した。

院長が言っているのは、こういうことだ。薬は出すな。暴れる患者は手当たり次第に閉じこめろ。ただし部屋は足りない。これでは、洪水を土嚢《どのう》一つで堰《せ》き止めろと言うのと変わらない。かといって、何か妙案があるわけでもない。

院長は頷くと、

「スタッフを休ませるな」

と、すかさず釘を刺した。

小さく、カズキは肩をすくめる。

——休まずに仕事にあたり、覚醒剤に手を出したカタリナの顔が浮かんだ。

事態がこうなる前からスタッフは疲れ切っている。そして、わざわざ言われるまでもなく、おそらく休まずに働いてくれる。そんな彼らを信じようともしない院長には、恨《うら》み節《ぶし》の一つも言いたくなる。

だが、カタリナの薬物依存に気づくべきであったのは、ほかならぬ自分なのだ。

「薬をもう三十シートいただけますか」

「二十だ」

そう言って、院長は追加のシートを取り出す。

「……薬は、他の行政区にも要請して備蓄分を集めにかかっている。だが、望み薄だ。誰もが、自分たちの街で同じことが起きることを怖れている」

そして、薬が来たところで焼け石に水でもある。

曖昧《あいまい》に頷き、院長室をあとにしようとした。このときふと、カズキの足が止まった。

廃墟の研究所で読んだ記録――。

自《みずか》らの出自については、驚きはしたが、心のどこかで予期してもいた。どのみち、母の顔も知らない。自分を育てたイツキがすべてだという思いがある。

それよりも疑問だったのは、捨て子の片方を父のイツキが育て、そしてもう一方を院長が引き取ったということだ。かつて、二人のあいだで何があったのか。あるいは、院長はカズキの正体などとうに承知していて、だからこそ第七棟を任せもしたのではないか。

「あの――」

振り向くと、相手は椅子に身を沈め、指先で眉間《みけん》を押さえていた。

カズキが立ち止まったことにも気づいていない様子で、

「……どうかしたか」

と、ゆっくりと顔を上げてくる。

突然の事態に参っているのか、普段の威厳はなく、目に複雑な光が宿っていた。カズキは首を振り、その場をあとにした。

開放棟のエレベーターを降りた途端、吐《と》瀉物《しゃぶつ》や排泄物《はいせつぶつ》の臭いが鼻をついた。

廊下に、中庭に、急患たちがひしめいている。その熱や臭気や人いきれが換気量を上回り、病棟に澱《よど》んでいる。エレベーターを降りてすぐの廊下から、床に仰向けになってぼんやりと宙を見上げる患者や、甲斐甲斐《かいがい》しく患者の背をさするまた別の患者、拘束衣《こうそくい》を着せられたまま坐《すわ》りこみ、わけもなく笑ったり怒ったりする患者と、まるで床が呼吸しているようだった。

もとからの入院患者たちは、一変した病棟の様子を不安げに遠巻きに見守っている。

救急患者は外来棟に収容しきれず、幻覚や妄想の激しい者は閉鎖棟へ、軽い者は開放棟へ順次移送されているそうだ。それでも足りず、男性寮を患者に開放するかどうかが検討されはじめていた。

坐りこむ患者たちをかきわけ、リュウの姿を探した。

患者たちは、皆、右手首に識別用のプラスチックの輪を巻かれている。

首から提《さ》げる従来の識別救急《トリアージ》は、患者自身が外してしまうという問題があった。これに対応するため、管理部が発注しておいたものだ。運用は先の予定だったが、識別のタグそのものが足りなくなり、前倒しで導入されたということだ。

外来で、患者はまず赤のリングをつけられる。

リングは自分では取り外せない。診察が済みカルテが作成されると、医師は赤のリングを切り、かわりに黄色やオレンジのリングをつける。黄色は保護室への移送待ち、オレンジが投薬待ちとなる。――その、黄色やオレンジの患者たちが、治療を受けるでもなく、大量に放置されていた。

薬は足りず、保護室もすでにいっぱいなのだ。

やっとリュウを見つけた。人であふれた廊下に膝を突き、患者の一人の瞳孔《どうこう》を診《み》ている。

医師のぶんです、とカズキは薬を一シート渡した。

リュウはシートを一瞥《いちべつ》すると、

「全員に行き渡るのか」

鋭く、小声で訊ねてきた。

リュウには嘘が言えない。小さく、首を振った。

相手が疲れを顔に覗かせて、

「そうか」

とだけつぶやき、懐《ふところ》に薬をしまう。

何かわかりましたか、とリュウに訊ねた。さあな、と言葉を濁し、リュウが懐に手を入れた。密《ひそ》かに端末を操作しているのがわかった。遅れて、カズキの側の端末が震えた。

[送信者]リュウ・オムスク

［本文］ゾネンシュタインへの通院歴がある者が多い。

リュウが患者の赤のリングを外し、黄色につけかえた。

［送信者］カズキ・クロネンバーグ
［本文］医源性《いげん》――我々自身に原因があると？

［送信者］リュウ・オムスク
［本文］症状面も解《げ》せないところがある。どうも、多様すぎるように感じる。

「看護師の疲労がひどい」と、リュウが小さな声でぼやいた。「院長はなんと？」

――休ませるな、が院長の言葉だ。

「わたしたちの裁量に期待されています」

咄嗟《とっさ》に言い換えると、

「丸投げか」

低く、リュウが笑った。

「まあ、そうです」そっと、カズキは頭を掻《か》いた。「――そういうわけなので、勝手に動きました。街から応援を募《つの》ります。いましがた、各所に募集広告を打っておきました」

どうせ、医師法もない開拓地のこと。医師や看護師にこだわる必要はどこにもないのだ。

「助かる」とリュウが頷く。「だが、こんな状況で誰が来る?」

「それを――」

と、カズキはリュウの懐の薬を指さした。

「一人一錠配ります」

――リュウが黙りこんだ。

彼が言いたいことはわかる。この状況で、患者に薬を渡さず、ヘルプの健常者に薬を分けるのだ。しかも、たった一錠では気休めにもならない。

そうかといって、ほかに案も思いつかない。

「わかった」リュウが掠《かす》れ声でつぶやいた。「とにかく、いまは事にあたるぞ」

「ええ」とカズキも頷く。

――エクソダス症候群。

幻覚や妄想を主とする、統合失調症様《よう》の障害。

病名の由来は、旧約聖書のユダヤの集団移民にある。統合失調症と異なるのは、幻覚や妄想が強い脱出衝動を伴《ともな》って表れる点だ。

最初に報告されたこの症候群の患者は、ゲリラ兵士としてイギリスから中東のクルディスタンに渡った、J・Hというイニシャルで知られる男性だ。J・Hはあるとき睡眠障害を訴《うった》えて精神科を受診したのだが、このとき、妄想といった症状が見出された。

パレスチナの支援のために渡航した西欧人や、あるいは過去に中南米からエチオピアに渡ったラスタファリアンといった人々も、一定数がこの病《やまい》に罹患していると言われている。

必ずしも悪いことばかりではなく、この病があったからこそ、人類は文明の発達過程において版図《はんと》を広げ、現在の発展に至ったのだとする説もある。

地球上でこの病の報告が減ったのは、一つには、薬によって治療が可能だとわかったこと。そしてもう一つが、情報網の発達などにより、人々が夢を託せる〝外部〟が失われていったことだ。こうしてエクソダス症候群は、人類が火星に出るよりも前に、いったんは制圧されたかに見えた。

それにしても——。

ここは、地の果ての砂漠の開拓地なのだ。この場所から見れば、故郷はすでに夜空の小さな輝点《きてん》の一つにすぎない。

それがなぜ、こうも心に波紋を広げるのだろう?

2

夜も更《ふ》けたころ、ようやく応援が集まりはじめた。

薬目当ての人間のほかにも、善意で来る者や、単に仕事がない者と、顔ぶれはさまざまだった。報酬は日当とし、開放棟で清算する。名目は、看護の外注。後々揉《も》めるには違いないが、そのときはそのときだ。

薬は予想以上に喜ばれた。

一錠では足りるはずもなく、騙《だま》しているようで気が咎《とが》めたが、それについては全員に説明した。薬があれば、少なくとも半日は幻覚や妄想が消えるのだ。この点は、自分の身体《からだ》で確認済みだ。身辺を整理するにせよ、何か手を打つにせよ、この半日の差は大きい。

非常事態に強い開拓地の住民は、患者の扱いも心得ていた。

暴力傾向や自傷《じしょう》傾向を示す患者の拘束が終わり、それ以外の患者には、あり合わせの薬で対症療法を施《ほどこ》す。並行してシロウ医師が作業をマニュアル化し、シフトを組み直した。

「ようやく、皆を順に休ませる目処《めど》が立ってきました」

シロウが報告に来たのは、深夜近くになってからだった。

「とはいえ」と彼の表情は硬い。「この調子で、患者が増えつづければ……」

――どのみち、人手は足りなくなる。

最悪のケースは、やがてスタッフも発症し、患者を診る者がいなくなることだ。その場合を想像してみた。

最後の仕事は、保護室の鍵を開け、患者の拘束を解くことだろうか。

シロウも同じような想像をしていたらしい。軽く、彼の目が逸《そ》らされる。

「ぞっとしませんね」

「だから初動を重視しました。――シロウさんも休んでください」

「ええ」とシロウが笑った。「明日の午後には、月《フォボス》による部分日蝕《にっしょく》があるそうです。せっかくですから、落ち着いた気持ちで見たいですしね……」

月の位置によって急患が増すという、いつか聞いた俗説が思い出された。

それにしても、現時点では、集団発症の原因さえわからない。

院内システムには、検証のための情報共有ボードも立ち上がっていたが、議論は錯綜《さくそう》している。いまのところ大勢が支持しているのは、開拓地特有のウイルスがエクソダス受容体を遮断しているという説だ。ウイルスが原因だからこそ、地球上で見られなくなった病が蔓延《まんえん》しているということだ。

そうだとしても、突然に感染が拡大したことの説明はつかない。

そのほか、ありえそうなものから、オカルトまがいのものまで、さまざまな仮説が入り乱れていた。

食事説。開拓地の食料は限られるので、おのずと同じ食事を口にする回数が増える。その結果、一種の集団食中毒が起きたのではないか。環境汚染説。天幕の下は閉環境なので、汚染が濃縮しやすい。

いずれにせよ、問題はこれからの検証だ。

通院歴を持つ患者が多いというリュウの指摘を思い出し、カズキは患者たちへの過去の投薬を洗い直してみた。ついで、発症群と未発症群のカルテをコンピュータに解析させる。これという解は出なかったが、論旨とデータはボードに投稿しておく。

……気がついたら、時計が一時間ほど進んでいた。

デスクで眠ってしまったらしい。患者が途絶えたわけではないが、応援が来たことで気が弛《ゆる》んだのだ。肩に感触があった。一枚の毛布がかけられていた。いつの間に来ていたのか、ハルカが傍《かたわ》らに立ち、カズキを見守っていた。

「……この毛布はきみが?」

訊ねると、相手は狼狽《ろうばい》したような顔を見せ、いつかと同じように逃げ去ろうとした。

その背に向けて、

「待ってください」

と声をかけた。

ハルカはびくりと身体を震わせ、ゆっくりと振り向いた。

いくつもの疑問が、喉元まで出かかっては消えた。

——あの研究所で、一緒に拾われたというのはきみのことなのか。

——そうだとして、なぜ別々に引き取られることになったのか。

だが、どう訊ねたものか。相手が筆談しかできないことがもどかしかった。

結局、カズキは何も訊けないまま、ハルカに薬のシートを握らせ、発症したらすぐに服むようにと伝えた。院長から渡されたうちの、最後の一シートだった。これからの予測がつかないので、渡せるうちに渡したい思いがあったのだ。

残りは、チャーリーから受け取った余りだけだ。

一瞬、ハルカは複雑な表情を覗かせ、それから紙とペンを求めるジェスチャーをした。端末のメモパッドを立ち上げて手渡すと、おずおずと人差し指が動かされた。

——この薬、好きに使ってもいいの？

嫌な予感がよぎったが、どのみち好きに使わせるよりない。頷くと、相手は薬を大事そうに抱え、そそくさと部屋を出て行った。

端末をしまおうとして、メッセージの通知が目に止まった。

［送信者］カバネ・ブーヘンヴァルト
［本文］この件で話がある。

まるで避難民の群れだった。

街とのゲートとなる救急外来棟は、毛布にくるまってうずくまる患者たちが、エントランスの外にまでひしめいていた。患者たちの呼気によって、夜が白く煙っていた。皆、疲れた力ない目をしており、祭りのあとのような、疲れ、ひりついた空気が漂っている。

カバネが寝かされていたのは、入口の待合いソファの上だった。

こちらの姿を見て、彼女はふっと目を逸らした。

「死ぬかと思ったよ」

他人事《ひとごと》のような、憑《つ》き物が落ちたような口調で言う。傷は出血のわりには浅く、応急処置もなされたので、ベッドは他の患者に譲ったのだそうだ。

「――カルテを開示してもらった」

ゾネンシュタインの情報システムでは、担当医以外のスタッフはカルテを一部分しか読むことができず、権限に応じて閲覧《えつらん》可能な箇所が自動的に生成される。逆に、患者からカルテ開示の要望があった場合は、診断や病状に応じて、開示可能な箇所が抽出される仕組みだ。

カバネも、幾度かこのサービスを利用し、自らの診断を確認していたという。

そして今日、カズキによってついに診断が下されたことを知った。

「うまくやっているつもりだった」横たわったまま、カバネが目を伏せる。「でも、あるとき点滴薬に自分の尿《にょう》を混ぜながら、はたと気がついたんだ。何か、おかしいってね。――病気だったんだね」

相手の落ち着きに安堵しつつ、カズキは頷いた。

虚偽性障害――病そのものを装《よそお》う、けれども詐病《さびょう》ではない病。

「頭から詐病だと疑う医者。頭から患者の訴えを信じる医者――」

カバネはいったん言葉を切り、口の端を歪《ゆが》める。

「そのどちらも、結局は自分の見たいものしか見ていやしない。先生が、やっと見つけ出してくれたんだ。……治してくれるんだよね？」

「治ります」

相手の目を見ながら答えた。

「ただ、道のりは短くありません」

現状では、特効薬のようなものはなく、主に心理療法に頼ることとなる。しかし、カバネは知能が高いため、心理療法はまどろこしく感じられるはずだ。

それでも、ここで行われている療法は科学的な裏づけ《エビデンス》を前提としている。

「これについては、信じてもらうよりないのですが……」

それにしても、病を装うにせよ、なぜ専門家を騙せるほどの症状を作り出すことができたのか。

この点を訊ねると、思わぬ答えが返った。

「それはね……」と、カバネは口籠《くちご》もりながら、「ある男から、知恵を授けられて……」

「――ある男？」

鸚鵡《おうむ》返しに訊ねる。だが、同時に思い浮かぶ顔があった。

カバネが小さく頷くと、ゆっくりと腹の包帯をさすった。周囲の患者を見回してから、声のトーンを落とした。

「結論から話そう。――今日の集団発症は、チャーリーのEL棟が引き起こしたテロだ」

カバネが区の安宿《やすやど》で男を殺害したのは一年前。

保安官の調書によると、被害者との関係は娼婦とその客で、経口《けいこう》避妊薬だと偽《いつわ》ってセックスドラッグを飲ませようとした客と口論になり、ベッドで刺殺したとされる。カバネはいったん収監されたが、精神鑑定を経て、ゾネンシュタインへ移送されてきた。

この患者に誰よりも興味を示したのが、チャーリーだった。

手はじめに、チャーリーはカバネをEL棟へ呼び寄せて取引を持ちかけた。

条件は、必要に応じて彼の言う通りに動くこと。役割は主に、ELから動けない彼のかわりに情報収集をすることだった。そのかわり、病院側はひきつづき彼女を保護し、入院先もＥＬ棟ではなく開放棟とするとチャーリーは約束した。

ついで、彼は医師たちの騙しかたをレクチャーした。朝鮮朝顔《ダツラ》の存在を彼女に教えたのもその一つだった。

利害や合理性で動くカバネを、老人は気に入ったようだった。まもなく、カバネは超法規的にＥＬ棟への立ち入りを許され、たびたび彼のもとを訪れるようになった。

哲学や宗教、経済、数学と、話は多岐《たき》にわたった。

——あんたの目的はなんなんだい。

あるとき、相手の機嫌がよいことを見計らい、彼女は訊ねてみた。

——復讐のようなものさ。

と、チャーリーは自嘲《じちょう》気味に答えたそうだ。

——いずれ、わたしは病院の内と外を逆転させるつもりだ。何もこれは、昨日今日に考えついたことではない。長いこと、わたしはそのことばかりを考えつづけていたのだよ……。

——内と外の逆転？

——エクソダス症候群を集団発生させる。この街を——いや、開拓地全体を、わたしたち病者の帝国に変えるのだ。

「どうやって？」話に割りこみ、カズキは顔を上げた。

カバネは無表情だった。

それなのに、一瞬、あの老人が憑依《ひょうい》したかのように見えた。

「医薬分業を利用する」

カバネが抑揚なく答えた。

「あいつが言うには――システムをハッキングし、カルテと処方に食い違いを起こす。そうやって、エクソダス症候群の患者への投薬を偽薬《ぎやく》に変えるのだと」

薬を渡すのは薬剤師で、そこまで医師の目は届かない。カルテには本来の投薬計画が記されたままとなり、外来の医師は問題に気がつかない。

かたや、実際に薬を手にする薬剤師は、症状が寛解《かんかい》へ向かったのだろうと考える。

そして――エクソダス症候群は統合失調症と異なり、妄想や幻覚に明確な一つの方向性がある。彼らは一様に、現状からの脱出、故郷への帰還といった同じ想念を抱く。発症が単発的であれば、個々に対応していくだけだ。

しかし、いっせいに患者たちが発症した場合はどうなるか。

「そうか」とカズキはうなった。「――集団神経症」

患者が一定数を超えると、それはやがて集団心理状態を引き起こす。

エクソダス症候群を発症させ、街から脱出しようとする人の群れは、やがて周囲の人間をもパニックに陥《おちい》らせる。それもただでさえ、ストレスの大きい開拓地のこと。高負荷に晒《さら》された人々は、集団心理に流されやすい傾向がある。連鎖的に、健常者たちまでもが、患者と同じような妄想に取り憑かれるのだ。

──集団神経症とされる有名な例に、十七世紀のセイラム魔女裁判がある。

少女たちの集団が悪魔憑きのような状態となり、それを契機に、中世の魔女裁判が再来したのだ。以降、百人近い村人が告発され、絞首刑までなされる惨事となった。

災害がデマゴーグを広めたり、ときに人々を虐殺《ぎゃくさつ》にまで駆り立てるように──妄想であったはずのものは、人から人へ伝播《でんぱ》し、移民区全体にいっせいに飛び火する。

妄想であったはずのものが変貌する──病者による、革命へと。

チャーリーにとって、エクソダス症候群とは革命の火種《ひだね》であったのだ。

「そう」とカバネが頷いた。「患者の大半は、エクソダス症候群ではないんだ」

──それさえわかれば、対策を立てることは不可能ではない。

まず、本当の患者とそうでない患者を隔離する。そうすれば、エクソダス症候群でない患者は沈静化しうる。発症した患者に絞り、投薬治療を行う。ここまでは一本道だ。

だが、その前に確認しておきたい。

「院内のシステムを破る──確かに、そう言ったのですね」

「ウイルスを仕込んで、システムに裏口《バックドア》を作るとあいつは言っていたな」

服の下で、冷たい汗が流れるのがわかった。

――あの記録メディアだ。

薬と引き替えに、受け取ってしまった爆弾。騒動の原因の一つは、ほかならぬ自分だ。

「何か？」不審そうに、カバネが目をすがめた。

「いえ」気を静め、カズキは首を振った。「……つづけてもらえますか」

カバネは眉をひそめたが、頷いて話を戻した。

ウイルスを流す作業は、本来、カバネがやるはずだったのだという。

ところが、その計画が狂った。チャーリーはカバネに対し、常に一人でいるように命じていた。だが、彼女はそれに従えなかった。

ノブヤを気に入り、仲を深めていったのだ。

カバネのような協力者はほかにもいたらしく、このことは、たちどころにチャーリーへ筒抜けとなった。彼は幾度か警告を出してきたが、カバネはそれを無視しつづけた。

そこに、こんなメッセージが届いた。

――おまえが喜びそうな土産《みやげ》を送っておいた。

「今朝、その土産が何を指すのかわかった」

可愛がっていたアニマルセラピーの猫が、何者かの手によって中庭で殺されていたのだ。

ついで、カルテを通じて虚偽性障害を知り、自分が病につけこまれていたこともわかった。

「……もう、たくさんだ」

絞り出すように、カバネがつぶやいた。

「これ以上、あの男には従えない。罰も受ける。だから、頼む――」

――あいつに一撃を加えてやってほしい。

そこまで話して、彼女はそっと視線を外した。

カズキとしても、どのみち選択肢はない。自分が引き起こした災《わざわ》いに、決着をつけなければならないのだ。ただ、彼女の話には解せない点も残っていた。

「なぜわたしに？」

確かに、最終的な診断を下したのはカズキだ。

だが、自分が味方になるか敵に回るかは、カバネにはわからないはずだ。現に、カズキはチャーリーと通じている。このまま、握りつぶしてしまう可能性だってあるのだ。

「それは……」カバネの目が泳いだ。「診断を下してくれたからかな……」

「いずれは、誰かが同じ結論を出しました」

「でも――」

壁にぶつかりでもしたように、カバネは口をつぐんでしまった。

「話したくなければ、かまいません」

カバネはしばらく目を伏せ考えこんでいたが、やがて、「もう一人」と口を開いた。

「〝もう一人連れていってやれ〟――あのとき、そう言おうとしたんだよね？」

「なんのことです?」

訊ねたが、カバネは毛布をかぶって背を向けてしまった。

院内放送が流れた。看護師が一人、毛布を詰めこんだリネンカートを押してホールを横切っていく。ホールの隅には、車座になって夜食を摂《と》る患者グループがいた。その傍らを、頭から血を流している患者が、ストレッチャーで運ばれていった。

独言《どくげん》するように、カバネがぽつりと口を開いた。

「……猫を埋葬したいと思った。先生だけが、そのことに気づいてくれた」

3

寝息に混じり、まだ起きている患者の囁《ささや》き声が聞こえてくる。

すでに三時近く、開放棟は消灯されており薄暗い。ナースステーションを覗くと、疲れ切ったスタッフが横になったり椅子で眠ったりしていた。

少し眠ったこともあり、頭は冴えていた。

廊下にまで溢れていた患者の数は、ようやく減りつつある。

カバネの話を受けて、カズキはすぐに薬局へ照会し、処方の件の裏を取った。それから、第一棟や第十棟と連携し、通院歴のある患者のうち、エクソダス症候群の既往《きおう》がある者をいまから物資用倉庫の第一棟へ集めることで、話がまとまったのだった。

カズキが主導してしまうことへの、二つの閉鎖病棟の反撥《はんばつ》が予想された。

しかし、それは思わぬ形で杞憂《きゆう》に終わった。パニックのさなか、第四棟も第八棟も、病棟長たちが姿を眩《くら》ましていたのだ。

チャーリーもまた雲隠れしていた。

院長の命《めい》で医師たちがＥＬ棟へ押しかけたところ、老人の姿はすでになく、部屋には古い本が残されているばかりだった。

隣町へでも逃げたのだろうと皆は言ったが、カズキの考えは違った。彼の性格上、近くに潜んで成り行きを見守っているのではないかと思えたのだ。だが、居場所の見当がつかないことに違いはなかった。

――突破口を作ったのは、意外な人物だった。

［送信者］ノブヤ・オオタニ
［本文］カバネから話を聞いた。情報訓練室に来てくれ。

カズキを待ち受けていたのは、ノブヤを含む四人の患者たちの背だった。皆、開放棟の入院患者だ。彼らは情報訓練室に詰め、それぞれ黙々とブラウン管のモニターを覗きこんで作業をしていた。キーボードの横には、山と積まれた素焼《すや》きのカップがあった。

「やあ」

と、ノブヤが振り向いて片眉を持ち上げた。

「早かったじゃないか」

「……彼らは？」

「街でエンジニアだった連中だ。事情を話して、手伝ってもらうことにした」

次々と、患者たちがカズキに会釈をする。

「手伝うって……」

そう言ったきり、カズキが絶句していると、

「困ってるんだろ？」

と、ノブヤが口の端を歪めた。

「餅《もち》は餅屋にまかせろ。——自立と助け合いが開拓地の精神さ」

「ですが……」

「ぼくのほうも、ちょうど薬が切れてきた。いい調子だよ」

「——院内に感染したウイルスですが、おおむね解析は終わりました」

患者の一人が割って入った。

双極性障害と診断され、開放棟へ入院となった患者だ。

「院内システムにアクセスしたコンピュータへ感染し、攻撃者のための裏口《バックドア》を作る仕組みでした。火急の状況ですので、わたしたちも同じ裏口を用いて、乗っ取られていた処方システムをさらに乗っ取って修復しました。ひとまず、被害は食い止められたと考えられます」

「裏口経由で、最後に攻撃があったのは一昨日《おととい》」

と、別の一人が口を開いた。

「処方が乗っ取られたのは、そのときのようです。院外のサーバーを経由していますが、事

情に詳しい者、おそらくは内部のスタッフの手によるものと思われます。攻撃者を突き止めるところまでは行きませんでした」

——このわずかの期間に、そこまで解析できたというのか。

呆気《あっけ》に取られるカズキに向けて、ノブヤが片目をつむった。

「それと、面白いことがわかったぞ」

これを憶えているか、とノブヤは画面にテキストエディタを立ち上げた。

```
FOR i% = 0 to 8
    IF RAND(1) > .6 THEN
        word$ = (my, name, is, John, I, was, born, in, US)
        j% = (i% + INT(RAND(1) * j%)) MOD 8
        out$ = word$(j%)
    ELSE
        word$ = (my, name, is, John, I, was, born, in, US)
        j% = 0
        out$ = word$(j%)
```

```
    END IF
  PRINT out$
NEXT
```

「以前、見せてもらったものですね。確か……」

深夜、書き継いでいるプログラムに、書いた憶えのない一節が混じるという話だ。混入するプログラムには、元となるものがある。二十世紀に書かれた統合失調症のシミュレーションだ。

「気味の悪い話だが、シンプルに考えればよかったんだ」

ノブヤが咳払いをした。

「考えられる混入の原因は二つ。ぼくが見ていない隙《すき》に誰かが書いているか、あるいは――」

「ウイルスの類《たぐ》いだと?」

ノブヤが頷いた。

「今日、この部屋のコンピュータに感染しているウイルスを洗っていた際、偶然にそいつが出てきた。今回のものとは別で、仕こまれたのは二十五年前。感染力は低く、動きとしては、これと同じテキストを低確率でファイルに混入させるだけだ」

もっとも、とノブヤが素焼きのカップを手にし、喉を潤した。

「愉快犯的なウイルスのようだが、意図が不明瞭すぎる。それで、先生が言っていたことを思い出して、元となったプログラムを探し出してみた。それが、これなんだが――」

```
PRINT "文例 3."
j% = 0
FOR I% = 1 to 10
    inter - RND(1)
    IF inter > .6 THEN
        j% - i% + INT (inter * 3)
        IF j% > 10 THEN j% = 1
        PRINT word$ (j%) ;
    ELSE
        PRINT word$ (i%) ;
    END IF
NEXT i%
PRINT
```

「先生に言われてぼくも調べてみた。昔、日本で書かれたものらしいな。見た目はだいぶ違うが、プログラムが取る動きは同じだ。変数名が重複しているし、これがオリジナルのコードだと見ていいだろう」

しかしだ、とノブヤが人差し指を立てる。

「混入するほうのプログラムは、どういう意図からか書き換えられている。別に、性能が改善するような修正がされているわけでもない。むしろ冗長《じょうちょう》になっているし、改悪されていると言っていい」

機能は同じ。言語も同じ。

それを、わざわざ書き換える意味とは何か。

「ぼくはこう考える。このテキストを仕込んだ人間は、何かを伝えようとしているのではないか。つまり――これは、一種の暗号なのではないか、とね」

「暗号ですって？」

「そこで視点を変えて、ウイルスそのものをもう一度解析してみた。すると、ウイルスの本体に、文字列が埋めこまれているのがわかった。おそらくは、作った人間の署名だ」

――別の画面が開かれる。

文字化けした記号の羅列のなかに、意味のある文章が読み取れた。

知識を求める者のために。イツキ・クラウジウス

「これは……」

と言ったきり、カズキは口をつぐんでしまった。

動悸がした。どういうわけか、不穏な、見てはならないものを見た気がしたのだ。

――二十五年前。

火星を発《た》つ前に、父がこれを残していったというのか。だとしても、なぜ。

「裏口を作るウイルスのおかげで、こんなものが出てくるんだから、わからないものだな」

そう言って、ノブヤが新たな画面を開いた。

「これを見てくれ。先のプログラムを流れ図《フローチャート》にしてみたものだ」

フローチャートとは、業務やプログラムの流れを人間にわかりやすいよう図にしたものだ。ノブヤによると、書きかたはいくつもあるが、先のプログラムの場合、おおむねこのような図になるという。

「オリジナルと違って重複した箇所があるが、そのために、左右対称の構造になっている」

「……そのようですね」

「機能は同じで、構造のみが変わっている。すると、この新たな構造にこそ意味があると考えられる。それで、この図なんだが——似ていると思わないか？」

ノブヤの肩越しに画面を覗きこんだ。

相手の意図がわからず、しばらく考えこんでいると、

「わからないかな」

ノブヤがもどかしそうに言った。

「この病院の平面図と対応してるんだよ」

「まさか——」口を衝《つ》いて出た。

だが、処理の数は十。ゾネンシュタインの病棟の数は十。

プログラムに冗長な処理が加わることによって、一対一に対応するようになっているのだ。

「が、ここから先がどうもわからない」

ノブヤが肩をすくめた。

「暗号は、この病院を示しているのかもしれない。だとしても、これを作ったやつは、何を伝えたいのか。ほかに、隠された情報がないか。換字式暗号の類いも一通り試したが、新たな展開はなかった」

改めて、カズキは画面に目を落とす。

父の署名。生命の樹《セフィロト》を模したという病院。

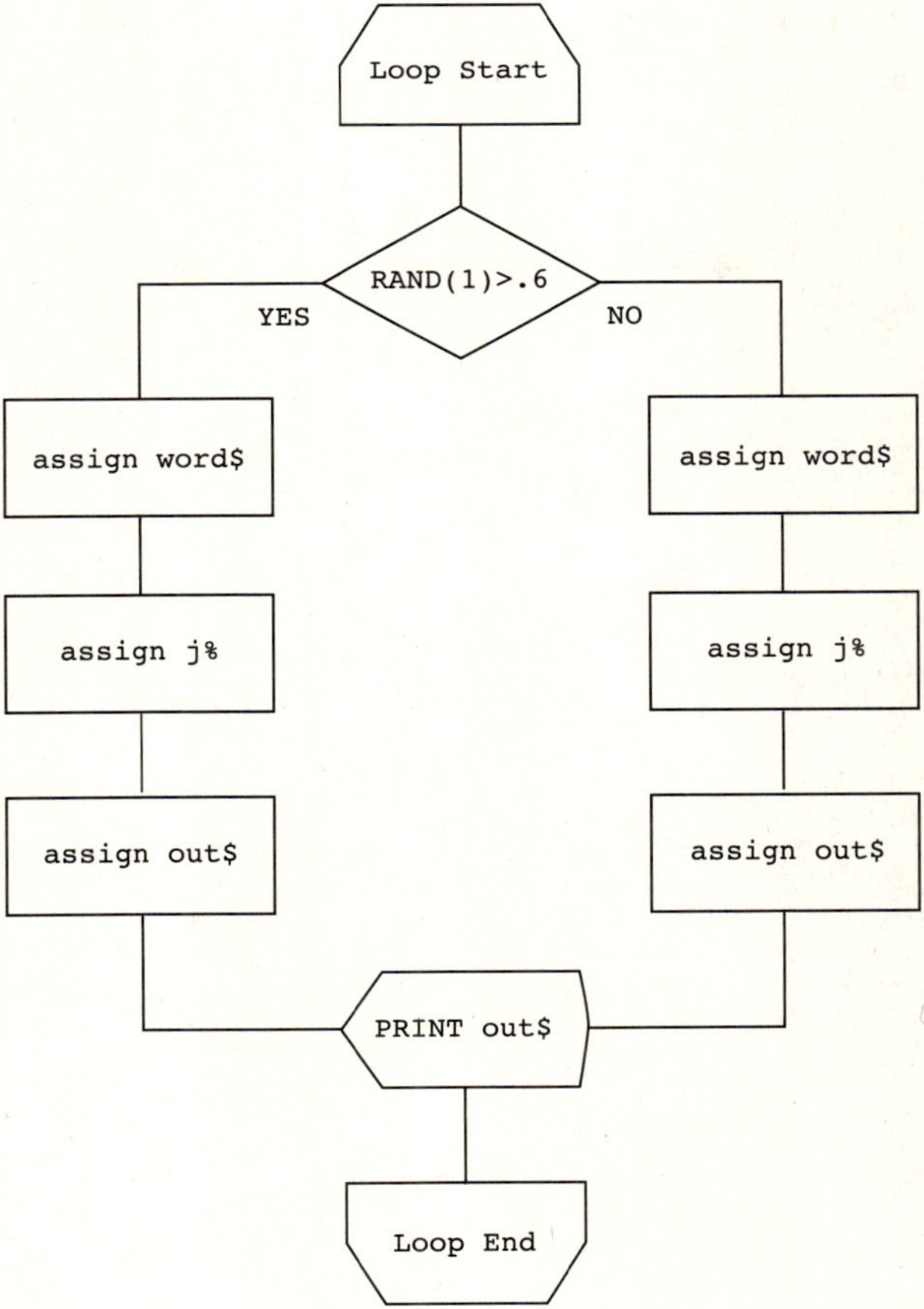
Loop Start
RAND(1)>.6
YES
NO
assign word$
assign j%
assign out$
assign word$
assign j%
assign out$
PRINT out$
Loop End

――知識を求める者のために。

「もしかして――」

口を開くと、四人がいっせいにこちらを見た。

「……もう一度、混入したというプログラムを見せてもらえますか」

ノブヤが軽く頷き、チャートの裏に隠れていたウインドウを前面に移す。

その六行目をカズキは指さした。

「ここに空行《くうぎょう》がありますが、これは最初から？」

「最初からだ。機械にとってはあってもなくても同じだから、図には反映されていない」

頷いて、カズキは顎《あご》に手を当てる。

「何かわかったか」

「……この病院が、ユダヤ神秘主義の生命の樹を模しているのはご存知ですね」

「聞いたことはある」

「樹はセフィラと呼ばれる十個の球からなっていて、ここの十のドームがそれと対応しているのですが……」

生命の樹は、創造の神から聖性が流出し、最終的にこの物質世界を形作るまでの過程だとされる。人間が深く瞑想《めいそう》していけば、この十のセフィラを遡《さかのぼ》り、天に到達できるそうだ。

カズキも詳しいわけではないが、赴任にあたって、通り一遍《いっぺん》のことは調べた。

設計にあたって意匠にカバラを選んだのは、先代の院長であるとのことだ。不毛の開拓地で強い生命に憧《あこが》れ、この人工の大樹を構想したのだという。

「セフィラはそれぞれに名前があります。たとえば、この第七棟と対応する第七のセフィラは、勝利の意でネツァクと呼ばれる。そして、セフィラには隠れた十一番目があるとされます。それが、知識を意味するダアト――生命の樹の、深淵《アビス》の上にあると言われるものです」

「それが――」ノブヤが唸《うな》った。「プログラムの空行が暗示するものだと？」

頷いてつづけた。

「この病院が生命の樹を模しているというなら、そこには十一番目のセフィラがなければならない。つまり――暗号は、隠された十一番目の病棟を示唆《しさ》しているのではないでしょうか」

――皆が目を見合わせ、手を動かしはじめる。

たちどころに、周辺の地形図や衛星写真が見つかった。ここが病院となる前――役所や刑務所だった時代の公的文書が発掘され、やがて、この土地にかつて洞窟《どうくつ》が存在していたこと、役所時代にシェルターがわりの地下施設が存在したことまでもわかってきた。

「……洞窟は気温変化が緩《ゆる》やかだし、宇宙線からも守られやすい。入植の初期は、こうした地表付近の洞窟を施設として利用してきたようだな」

ノブヤはデスクの代用コーヒーに口をつけた。

「この周辺に最初に建てられた施設がここだったのは、洞窟があったからだと見るべきだろう。入口が、まだ残されているとすれば――」

そう言って、ノブヤは平面図上の一点を指さした。

この病院の最古の建造物――ＥＬ棟を。

第七章　地下室の地下室で

実は、カンボジア人は「うつ」（あるいは「落ち込み」）を適切に表す言葉をもたない。すべての困りごとは「ビバーチャット（たいへんだ）」という言葉でまとめられる。いわば、苦悩の心理的語彙《ごい》をもたない国民といえる。そこに、戦争が起こり、ポルポトにより百万人以上の国民が大虐殺《ぎゃくさつ》を受けた。その後、人々に何が起こったのか？　隣国ベトナムは着々と復興を遂《と》げているのに対し、カンボジアはいまだに先進国の支援に依存し続けている。多くの欧米研究者は国民の多くは心的外傷後ストレス障害（post-traumatic stress disorder: PTSD）から立ち直っていないせいだと説明する。しかし、トラウマとかうつとかいう概念をもたない人々に、どうしてＰＴＳＤが存在するといえるのであろうか。

——野田《のだ》文隆《ふみたか》「文化と精神医学」

1

それは病院の地下に広がる自然の溶岩洞《ようがんどう》だった。

どこか別の箇所で外に通じているらしく、風が流れており、その音がかすかにひゅうひゅうと聞こえてきた。病院から漏れ出した下水で、地面が滑《ぬめ》り、足を取られる。

ひどい臭気だ。

両腕を広げたほどの通路の左右に、ところどころ、小窓のついた鉄扉《てっぴ》が設《しつら》えられている。古い病室だった。小窓越しにライトをかざすと、朽《く》ちたベッドや丸められたままの毛布が目に入る。

ノブヤたちが作った地図によると、洞窟《どうくつ》の経路は楕円形をしており、道なりに歩けばやがてループして最初の地点へ戻ってくる。ただ、途中にはいくつもの分岐があり、その先がどうなっているかまではわからない。

入口があったのはＥＬ棟の地下だ。開かずの間となっていた病室のさらに奥に、洞窟へつづく鉄扉が隠されていた。場所は、ノブヤが地図と平面図とを重ね合わせて割り出した。

――蒸気が朦々《もうもう》とたちこめる一角《いっかく》に出た。

病院によって暖められた空気が冷やされ、このあたりで霞《かすみ》となっているようだった。無意識に足を止めると、不意に、その霞を赤い直線が貫いた。レーザーポインタの光だった。

「こっちだ」

と、白い闇の奥から声がした。

足を滑らせないように気をつけながら、ゆっくりと目の前の光線を辿《たど》る。まもなくして霧《きり》は晴れた。

開け放しにされた昔の病室のベッドに、老人は一人で腰を下ろしていた。

部屋はやはり洞窟を改造したものだ。病室というよりは、むしろ座敷牢《ざしきろう》を思わせる。天井の自然口が小窓となり、そこから星の光が入りこんでいた。ベッドの上には掌《てのひら》ほどのサイズの端末が置かれ、バックライトが水面《みなも》に映った月のように輝いている。

黴《かび》の匂いがしたが、不快には感じない。

それは、この惑星に持ちこまれた菌類が生きている証《あかし》でもあるからだ。

「よくこの場所がわかったな」

「……思い出したのです。漠然とではありますが」

きっかけは、父が残したという暗号だ。しかし、洞窟を歩くうちに、自然に思い出されてきたのだ。

ライトを消して、部屋に足を踏み入れる。

見回すと思いのほか狭いが、カズキの記憶とも一致した。

——立てるな？

——うん。

——行くぞ。

停電があった晩、夢に見たあの部屋だ。自分は、かつてこのゾネンシュタインにいたはずなのだ。おそらくは、父がなんらかの事件を起こしたという、その日に。

そして、カズキを助けに来たのがこの男——チャーリーであったのだ。

振り向くと、扉の横に錆《さ》びたラックがあり、押しこめられた本やファイルが変色していた。

「これは？」

「病院の古い資料だ」チャーリーが無表情に答えた。「読まれることのないよう、イワンのやつがここに封印したようだな」

白髪《はくはつ》と、国籍のわからない左右対称の顔立ち。

蜥蜴《とかげ》のような双眸《そうぼう》が、こちらを鋭く見上げていた。

「……当時、開拓地には精神病院ができたばかりでな。いま以上に薬もなく、地球のノウハウは使えなかった。よく言えば手探り、悪く言えば無意識の塵芥溜《ごみだ》めのような状態だった」

「あなたも、そのころからここに？」

「ああ」

老人の双眸が光る。

「暴力なんかは日常茶飯事でな。ひどいものでは、患者への性的虐待《ぎゃくたい》も行われていた。そんななか、イツキとイワンは病院の改革を志《こころざ》したのだ」

一瞬——イワンという名前といまの院長の姿とが結びつかなかった。

戸惑うカズキをよそに、チャーリーがつづけた。

「二人とも、まだ医師としてスタートを切ったばかりだった。目を覆う状況を前に、たちまち戦友のような関係となったそうだ。ただ、わたしは両方の治療を受ける機会があったのだが……臨床医《りんしょうい》としては、イツキのほうが優秀だ。逆に、イワンのほうは常に劣等感を隠していたように見えた。結局、二人は袂《たもと》を分かつこととなったがな」

きっかけは精神外科だ、とチャーリーは顳顬《こめかみ》を指した。

火星の精神医療は立ち上げられたばかりで、患者を閉じこめる以外にできることは限られていた。そのなかで、イツキは鉱山事故によるＰＴＳＤに悩む患者を担当したという。

地道に心理療法を重ねた結果、患者は徐々に回復しているように見えた。

ところが、イツキが非番であった日に、その患者が暴力衝動を示した。そして——皆はイツキの頭越しに、患者に精神外科手術を施《ほどこ》した。

これまでの治療が、すべて無に帰《き》した。

少なくともイツキの目から見て、その患者は完全な別人格に変わっていた。

たてつづけに二度、三度と同じことが重なった。それは、病院を変えようとするイツキに対する、いわば私刑であった。理念に偏《かたよ》りすぎたイツキは、いつしか他の医師から疎《うと》んじられていたのだった。

やがて理想が嘆きへ、嘆きが恨《うら》みへと変わっていった。

「世渡りという意味では、イワンのやつは上手《うま》くやっていた。臨床ではイツキに及ばなかったが、政局に長《た》けていてな。周囲の医師たちとも、安定した関係を築いていたようだ」

そのイワンは、イツキに堪《こら》えるようにと説《と》いた。

イツキは友人の言《げん》に従い、いずれ時が来るまでは目の前の理不尽に目を瞑《つむ》ることにした。

だが、結果として、このことが災《わざわ》いした。

耐え、黙《もく》するほどに、イツキの内奥《ないおう》の思想は先鋭化していったのだった。

「あいつはこう考えた。この場で治療するべき対象は、むしろ医師たちなのではないかと」

「それは——」

脳裏に、古い体質の地球の医局が甦《よみがえ》った。カズキも、いや、おそらくは幾人かの同僚も、一度ならず同じように考えたことがある。

見透かしたように、チャーリーが低く笑った。

「イッキが違ったのは、それを行動に移したことだ。医師が病者への眼差《まなざ》しを欠いているなら、人為的に、彼らを病者の側に立たせればよいとあいつは考えた」

「すると、まさか……」

そう口にしながらも、驚かない自分自身もいた。

まるで最初から予期していたかのような、腑に落ちた感触があった。

「もうわかったな。イッキは医師たちに幻覚剤を服《の》ませ、監禁しようとしたのだ」

幻覚剤は、幻聴や妄想といった、統合失調症にも似た症状を生み出す。

ときにそれは、自《みずか》らの理性が失われていくかのような恐怖や、荒野に裸で立つような寄《よ》る辺《べ》なさをもたらす。イッキは、それこそを医師たちに体験させようと企てたそうだ。

幻覚剤は菌類から抽出されたもので、イッキの計算では、いっときの幻覚や妄想を経て、すぐに効果が切れるはずだった。患者が感じている恐怖をいくばくかでも体験させられれば、イッキとしてはそれでよかった。

ところが、計画は狂った。

皆の幻覚や妄想は切れることなくエスカレートしていき、ついには、患者や看護師を巻きこむ殺し合いにまで発展したのだという。

「……精神医学の歴史とは、光と闇、科学と迷信の強迫的なまでの反復だ」

おもむろに、チャーリーがいつかの台詞《せりふ》をくりかえした。

「結局は、イッキもまた、その歴史をたどったにすぎなかったというわけだ」

「しかし……」躊躇《ためら》いがちに口を開く。「医師であった父が、薬の量を間違えるとは……」

「事件があったその日、医師たちはハーブティーを飲んでいたはずだ」

父の手記の一節を思い起こす。

――患者たちが泣きわめく隣の部屋で、医師たちはハーブティーを飲み談笑していたのだ。

――それを見た瞬間だ。わたしの妄想が、決意に変わったのは。

「あれは、わたしが作って振る舞ったものなのだよ」

「なんですって？」

「カヴァという薬草の根を調合したのだが、これが、体内でＭＡＯ阻害剤として作用する」

ＭＡＯ阻害剤――モノアミン《MonoAmine》酸化酵素《Oxidases》阻害薬のことだ。

パーキンソン病や双極性障害に使われる薬でもあり、モノアミン酸化酵素の働きを阻害することで、ドーパミンといった脳内物質を増やす作用があるとされる。飲み合わせの禁忌《きんき》が多いことでも、よく知られている薬物だ。

そこでやっと気がつき、カズキは顔を持ち上げた。

「そうだ」

チャーリーが斜めに頷いた。

「MAO阻害剤を用いると、一部の幻覚剤の作用が切れにくくなる。もちろん、イツキに幻覚剤の抽出法を教えたのもわたしだ。結果は、期待以上のものであったがな」

「なぜ――」

すべて、この男が元凶であったというのか。だとしても、何を目的として。

チャーリーが口元を歪《ゆが》めた。

「破壊や混沌を見たいと思うことに、何か特別な理由がいるのか？」

自明のことだと言わんばかりの、無感動な、抑揚のない口調だった。

無意識に、カズキは唾《つば》を飲み下した。

「……今日の集団発症を起こしたのも、それが理由だと？」

「つまらぬ動機で残念だったな」

それは本心のようにも、韜晦《とうかい》のようにも感じられた。

不思議と、怒りは湧いてこなかった。相手が露悪的な態度を取るほどに、むしろその裏にある拭《ぬぐ》いがたい絶望の気配のようなものが、濃く立ちこめてくるからだった。

当ててみろ――と、そう問いかけているような気もした。

カズキは首筋を掻《か》いた。

「……一つ、気がついたことがあるのですが」

と、少し考えたのちに口を開く。

「あなたが医師たちに飲ませたというカヴァ。そして、カバネに教えた朝鮮朝顔《ダツラ》――」

いずれも、原始宗教の呪医《じゆい》たちが用いる薬物であるのだ。

呪医とは古代の医者で、儀式や占《うらな》いといった呪術的な手法を通じて患者を治癒《ちゆ》に導く役割を担う。しばしば幻覚性の植物が用いられ、たとえば北米のシャーマンであれば、幻覚サボテンによって患者とともに内的世界へ旅立ち、そして患者とともにさまざまな問題の解決にあたるという。

いわば、最古の精神科医である。

だが、やがて彼らは現代の医師たちに取って代わられていく。近代医療が発展し、彼らの呪術的な手法は、過去のものとして追いやられた。

別の言いかたをするならば――抑圧されてきた。

「あなたは、抑圧された古代の呪医を、その身で体現しようとしているのでしょうか？」

ぴくりと、チャーリーが目尻を痙攣《けいれん》させた。

「そして、そう――」

得心した思いでカズキはつづける。

「いわば宇宙の呪医として、精神世界の新たな秩序を思い描いている。そのためにこそ――わたしたちの古代の無意識がいっせいに噴出し、医学も、正気の闇も、そのいっさいが無に帰すような、そのような瞬間を、あなたは待っているのではないですか」

「ふむ」

そう言ったきり、しばらくチャーリーは応《こた》えなかった。

天窓から冷たい風が吹き込み、その白髪を揺らした。刹那《せつな》、黴の匂いが晴れた。ベッドを軋《きし》ませながら、チャーリーは体勢を変えて壁に寄りかかった。

「今日——」やっと、その口が開かれる。「精神医学は、終焉《しゅうえん》を迎えることになる」

2

鼠《ねずみ》が一匹、部屋の隅から隅へ走り抜けた。寒気《さむけ》を感じ、カズキは身震いをする。

チャーリーはしばらく天を仰いでいたが、やがて身を起こすと、

「エクソダス症候群――」

と、譫言《うわごと》のように口のなかでつぶやいた。

「おまえは、この病《やまい》をどう見る？」

「そうですね……」

――文献にエクソダス症候群の名が現れたのは、二十一世紀の中頃である。

当初は統合失調症の一種として見なされたが、病態が特異であることや、遺伝的な要素が見られないことなどから、メカニズムが異なるらしいと目《もく》された。

ＤＳＭ――『精神障害の診断と統計の手引き』では、このように定義されている。

[295.6.3] エクソダス症候群（Exodus Syndrome）

A. 特徴的症状

(1) 脱出衝動《エクソダス》を伴《ともな》う妄想
(2) 脱出衝動を伴う幻覚
(3) 奇妙な夢
(4) 感情の平板化、思考の貧困、または意欲の欠如
このうち二つ以上が、一ヶ月以上継続して見られること
B. 社会的または職業的機能の低下
仕事、対人関係、自己管理などの面が病前より著《いちじる》しく低下している。小児期・青年期の場合、期待される対人的、学業的、職業的水準に達しない

このDSMとは、誰が診断にあたっても同じ結果となるよう、マニュアル化がなされた診断の手引きで、最初は、統計調査の基準となるよう作成されたものだ。カズキやリュウは、親しみや皮肉のニュアンスをこめ、料理本《クックブック》だなどと呼んでいる。

かねてより、精神医療には治療者によって診断が異なるという信頼性の問題があった。発端となったのは、第二次大戦である。徴兵検査の際、精神疾患による入隊可否の判断が地域の医務局によって異なることに米軍当局が気づき、より一般性の高い、信頼性のある診断基準を求められるようになったのだ。第一版がまとめられたのは、一九五二年のこと。

しかし、アメリカはナチスに迫害されたユダヤ人を多く受け入れたこともあり、フロイトの流れを汲《く》む精神分析が隆盛をきわめていた。結果、症状の意味の理解に重点が置かれ、DSMのような体系は広く普及するには至らなかった。

その後、一九七〇年代には、精神医学界そのものが危機に陥《おちい》る。

逸脱した精神状態などないとする反精神医学の運動がつづくなか、統合失調症の診断がアメリカの医師とイギリスの医師とで異なることが明らかになり、やがて「統合失調症は存在しない」とする主張まで出てきたからだ。

またこのころ、嘘をついて精神病院に入院するというローゼンハンの実験結果が明らかにされ、精神医学への信頼は大きく失墜《しっつい》した。「精神医学は本当に医学であるのか」という懐《かい》疑《ぎ》が内外から向けられ、精神科を志す学生の数も減っていった。

そして、精神医学を再び医学たらしめようとする気運が高まるなか、八〇年、DSMの第三版が編まれた。

ある程度の定量的な診断を可能としたこの手引きは、精神医学にとって一つの革命となった。それはフロイト的な無意識を追放し、異なる文化をつなぐ共通言語になりうるものと期待された。

——が、はたしてこれによって治療の精度は上がったのか。

精神医学は文化の差を乗り越え、普遍的な科学へと孵化《ふか》することができたのか。

「……エクソダス症候群にはいくつかの相があります」

と、慎重に口を開いた。

「ですが、この開拓地での発症例は、一種の文化結合症候群だと言うことができます」

「ほう」

チャーリーが声を上げ、口角《こうかく》を持ち上げながらカズキを見上げた。

「若いうちは、文化に依《よ》らない普遍的な疾患ばかりに目が行くというがな」

――これはかつて、ある日本の医師が指摘したことだ。

「……惑星間精神医学は、文化精神医学の末子《まっし》ですから」

文化結合症候群《culture-bound syndrome》は、ある地域や文化に限定して見られる精神疾患のことで、起源は一九〇三年、エミール・クレペリンのジャワへの旅立ちに遡《さかのぼ》る。

これは精神病理現象の普遍性を確かめるための旅であったのだが、逆にクレペリンは、欧米とは異なる精神病像を見出すこととなる。それが、代表的な文化結合症候群となるラターという症状で、蛇などに出会った際の、鸚鵡返《エラコリア》しや痙攣といった過剰な驚愕《きょうがく》反応を指す。

ほかにもマレーシアのアモックや韓国の火病《ファッビョン》など、地域特有の症状は各地に見出された。対人恐怖症も、日本特有の文化結合症候群だとされる。

ここで一つの転換が生まれた。慢性疲労症候群や多重人格といった症状は、西欧諸国や近代化された社会における、文化結合症候群だと言うこともできるのだ。

鬱《うつ》病といった概念のない文化圏で、鬱病という基準を適用することへの批判も出た。

精神疾患が文化と心の摩擦だとしても、文化も、心も、複雑で定量化しがたい。結局、どれだけ客観的に見える指標を用いても、医師がなんらかの文化に属する以上は、自文化中心《エスノセント》主義《リズム》に陥る危険から逃れることはできないのだ。

確かに、統合失調症といった疾患には普遍性が見られるし、客観的な脳画像などによっても診断できるようになった。しかし文化固有の疾患、さらには類型化さえ難しい個人的な疾患と呼ぶべきものまでもが考えられる。だから、患者への聞き取りに基づく直感的な診断や治療は避けられないし、生物磁気や優生学といった疑似科学が忍びこむ余地もある。

——科学と非科学の双方を使い分けなければならないこと。

これが、精神医学という分野が抱える大きなジレンマであるのだ。

「宇宙における文化結合症候群——」

チャーリーがこちらの言《げん》を継いだ。

「なるほど、それも考えかたではある。だが、おまえも承知のように、エクソダス症候群は薬によって改善される。これは、エクソダス症候群が普遍である証左《しょうさ》だとは言えないか？」

「そうとは限りません」

すぐにカズキは応えた。

「たとえば、文化特有の対人恐怖症に、薬物療法が有効なこともあるわけです」

「わたしの考えは違う」

ゆっくりと、チャーリーが重い腰を上げた。

その立ち姿は予想していた以上に小柄で、目の高さはカズキよりも下にあった。

「……科学が発展し、神話は解体され、我々の無意識の領域は徐々に排除されていった。かたや、情報インフラは国を越え、惑星を越え、わたしたち一人ひとりを共同体から切り離し、離散させていく。その先には、もはや文化結合症候群などない。疎外された個々人がいるだけではないか」

それでいて――と、チャーリーは目をすがめる。

「我々の手は普遍の裾《すそ》にも届きはしない。我々は科学的な診断と非科学的な精神に挟まれ、引き裂かれている。カズキよ、わたしはこう考える。科学と非科学の狭間《はざま》で上げられる叫び、引き裂かれた自我が見る一夜の夢――それこそが、エクソダス症候群の正体なのだと」

「待ってください」

反射的に、カズキは相手を遮《さえぎ》った。

「そうだとしても、それは開拓地に限った話ではありません。あなたの言いぶんを信じるなら、地球での発症例も、いま以上に報告されているはずではないですか」

「あるではないか」

と、ここでチャーリーが暗く目を光らせた。

「特発性希死念慮《Idiopathic Suicidal Ideation》——ＩＳＩが」

刹那、時が止まったように感じられた。

「なんですって？」

「……地球という母なる惑星を離れた我々がそれを発症したとき、地球への帰還という妄想が生まれてくる。だが、文化の袋小路を迎え、正気の暗闇に覆われた地球においては、最後の脱出《エクソダス》の先として死が選ばれる。むろん、発症して地球と火星を行き来する患者もいるだろうがな。そう——エクソダス症候群とＩＳＩは、同根《どうこん》の表裏一体の病なのだよ」

胸の古傷がじくりと痛んだ。

同じだと言うのか。いま、自分が罹《かか》っている病と、かつてパートナーの命を奪った病が。ＩＳＩとエクソダス症候群という、臨床像のまるで異なる二つの病を、これまで結びつけて考えたことはなかった。

——来なさい。

また、あの声が耳の奥で響く。

咳払いをして、チャーリーがゆっくり顔を上げた。

「だが、それも今日までのことだ。抑圧されてきた無意識は、これから反逆の狼煙《のろし》を上げる。我々は、ただこの地から脱出するのではない。科学と非科学の相剋《そうこく》こそを抜け出すのだ！」

——そう、こっちへ……。

「その先にこそ、精神医学は二重拘束《ダブルバインド》から解き放たれるのだ！　想像してみろ――精神医学が終焉を迎え、そして新たな産声《うぶごえ》を上げるさまを！」

カズキは眉間《みけん》を押さえる。――やっと幻聴が止まった。

「その新たな医学とは、……いわば、科学を排した、精神分析的なる世界でしょうか」

「もちろんだとも」

相手が頷く。

「催眠や自由連想によって無意識を読み取るというフロイトの理論は、それまでの思考体系から突如飛躍したような、あたかも無から有が生み出されたような、突然にもたらされた転換のようにも見える。だが、むろんそこにも伏流はある。離散者《ディアスポラ》の神秘主義――カバラだ」

カバラは独自の宇宙観を持つ、ユダヤの伝統的な神秘主義だ。

このカバラと精神分析との類似は、多くの研究者が指摘するところである。

たとえば――カバラにおいて師から弟子へと教義が口伝《くでん》で伝えられるように、精神分析もやはり、指導医から研修医へ一対一で教育がなされる。

夜に見る夢は象徴として捉えられ、言葉遊びのような解釈までもがなされる。

また、どちらもが性的な象徴を多く用いる。

精神分析が自由連想を用いたように、十三世紀のカバリストのアブラフィアは、「魂《たましい》を開封し、魂を縛《しば》っている結び目を解《ほど》く」ため、飛び跳ねと呼ばれる自由連想を持ち出す。

そしてどちらもが、ときに、善悪に囚《とら》われない霊的な自由を志向する。

「こんな説を聞いたことがないか」

チャーリーの息が白く煙った。

「精神疾患とは、進化に必要な突然変異にほかならないのだと」

カズキは生返事《なまへんじ》をした。

まさに自由連想のように、次々と移り変わっていく話についていけない。

「……確か、躁鬱《そううつ》といった気分障害は、創造性と関わっているとも――」

「十五万年前に突如発生した我々の知の爆発は、統合失調症と対《つい》となっていたとする仮説まである。どうあれ、統合失調症の原因遺伝子は、アフリカを出た時点ですでに我々に埋めこまれていた」

まるで――と、チャーリーがつづけた。

「エジプトを出たそのとき、エクソダスの呪いを刻みこまれたユダヤ人のようにな。だとすればそれが、エデンの園で我々が知恵の実を選んだ瞬間だ」

そこまで言ってから、チャーリーは天窓越しの星空を見上げた。

「正気の暗闇を晴らすものとは何か。科学と迷信の、強迫的な反復を止めうる楔《くさび》はあるのか」

新たな呪いだ、とチャーリーは言う。

「新たなエクソダスが成就《じょうじゅ》したとき、精神医学はその役割を終え、我々は新たなるカバラと新たなる精神分析を手にするのだ。いわば、そう――無意識を追放した精神医学から、今度は科学を追放してやるのだ！」

「それは……」

妄執《もうしゅう》だ、と言いかけて言葉を呑んだ。

目眩《めまい》がした。この老人が内に抱える、精神の流砂のようなものは何に由来するのか。

「なぜ――」

と、かわりに疑問が口を衝いて出た。

「そうまでして、精神医学を終わらせたいと願うのですか。確かに、精神医学にはさまざまな矛盾《むじゅん》があります。しかし、矛盾を抱えたままではいけないのですか。あなたの話からは、医師や医療への憎しみのようなものすら感じます……」

カズキの問いに、一瞬、相手は眉間を歪めたが、

「ふむ」

と口元に手を寄せた。

――考えてみれば、この男はこれまで、いっさい自分自身の話はしていないのだ。

だが、なぜこうもエクソダスに拘泥《こうでい》するのか。いかなる病が、チャーリーという人間の暗い情念を司《つかさど》っているというのか。

しばしの黙考を経て、

「おまえは医師だ」

湿りがちに、チャーリーが口を開いた。

「わからぬと言うなら、一つ診断してみたらどうだ」

「診断――ですか？」

「おまえが医師として、いまもなお精神医学を信じるというのなら――」

そう言って、チャーリーは皮肉な笑みを顔に貼りつかせた。

「ならば、医師としての己れの実存を賭け、わたしのことを診《み》てみればよいではないか！ことによると、その瞬間こそをわたしはずっと待ち望んできたのかもしれないのだから！」

3

促《うなが》され、カズキはチャーリーの目を覗きこんだ。

いくつもの診断が、頭を駆けめぐっては消える。――双極性障害。解離性障害。統合失調症。どの診断もそれらしいようで、それでいて決定的に食い違っているようにも思えた。

「……一見すると、躁状態にも見えます」

たとえば、自尊心の肥大や多弁。

次から次へと思考が浮かぶ観念奔逸《ほんいつ》――これは、躁状態の患者によく見られるものだ。

「しかし、奔放に見える思考も、背後の辻褄《つじつま》が感じられる。そして、注意力散漫というわけでもありません」

「ふん」相手が鼻で笑った。

「反社会性パーソナリティ」

法や社会的規範からの逸脱。攻撃性。良心の呵責《かしやく》の欠如――。

この男が示してきた態度は、反社会性パーソナリティ障害のほぼあらゆる項目と一致する。

「この点は確かであるように思います。ですが……」

そもそも、反社会的な行動を取った人間を、反社会性パーソナリティと診断したからといって、それがなんだというのか。

「少なくとも、あなたが求めているのは、そんな診断ではない」

おそらくチャーリーは、一種の遊戯を挑んできているのだ。

だが、それでも——とカズキは思う。この患者は、真実の診断を求めてもいる。誰であっても、心の奥底では治療されたいと願う一面があるはずなのだ。

「……解離性同一性障害でもない」

「分類と総当たり——」

チャーリーが目をすがめた。

「わたしは植物や鉱物の類《たぐ》いか？」

植物や鉱物であれば、どれだけよかったか。

目を上げると、確信に満ちた暗い瞳がこちらを見ていた。直感的には、健常者という回答もありうる。だが、同時にこうも思った。

この男は、いまある秩序を否定し、反旗を翻《ひるがえ》しているのだ。

精神疾患が社会への不適応だとするなら、彼を治療することもできなくて、いったい、なんのための精神医学であるのか。

「夜は眠れますか」

「もちろん」

——精神科の診断概念は、十九世紀にまで遡る。

以来、さまざまな病因遺伝子が見出され、脳内物質やレセプターが解明され、リアルタイムに脳血流をも見られるようになった。だが、そのあとも基本概念そのものに変化はない。どれだけテクノロジーが発達しようと、疾患の成因も病態も、柔らかく、捉えどころがない。

五感を開き、患者の話をよく聞き、観察する。

人が地球外へ降り立ったいまもなお、医師はそれを求められているのだ。

「食事は？」

「人並みにはな」

「誰もいないところで、声が聞こえたりは」

「しょっちゅうだ」とチャーリーが欠伸《あくび》をした。「本を読むと、ページの片隅にわたしの悪口が書いてあったりもする」

「……冗談ですね？」

「つまらぬ質問はやめろ。これまで、我々は存分に語り合ってきたではないか」

曖昧《あいまい》に頷き、カズキは腕を組む。

決断のときだった。

こんな賭けのような診断は、本意ではない。だが、この男がなんらかの歩み寄りを見せたのは、これが最初であるようにも感じられた。そして何よりも——この男は、精神科の医療そのものに挑戦しているのだ。

そのまま一分近くが過ぎた。

結局、最初から脳裏にちらついていた病名をカズキは持ち出した。

「——エクソダス症候群」

一瞬、チャーリーの表情に陰がよぎった。

思わぬことに——そこから感じ取れたのは、諦念《ていねん》のようなものなのだった。

それで決まりかと言うように、相手はカズキに向けてじっと目を細める。天井から結露《けつろ》の水滴が滴《したた》り、地面で音を立てた。

「実際は——」

と、やっと口が開かれた。嗄《しわが》れた声だった。

「わたしの疾患を指し示す病名は、まだないのだよ。それは双極性障害ではない。解離性障害ではない。また、統合失調症でもない……」

「どういうことでしょう?」——自分の眉が寄るのがわかる。

「わたしが罹患《りかん》しているのは、来たるべき未来の病とも呼ぶべきものなのだよ……」

遡ること、四半世紀以上——開拓地の精神医療は、まだ立ち上げられたばかりだった。薬はなく、まるで十九世紀のように患者は狭い独房へ閉じこめられた。

院内には諦《あきら》めや倦怠《けんたい》が蔓延《はびこ》り、患者を治癒へ導こうとする気運はなかなか高まらなかった。患者が苦しむその脇で、医師たちはカード博奕《ばくち》に明け暮れ、看護師は言うことを聞かない患者を平気で鞭《むち》打つ。

それが、チャーリーが入院したゾネンシュタインの姿だった。

彼は心的外傷後ストレス障害《PTSD》と診断されたそうだ。天幕の外の鉱山で落盤事故に遭《あ》い、酸欠の恐怖と闘いながら丸一日以上閉じこめられ、以降、睡眠障害や強い恐怖、フラッシュバックといった症状に悩まされたのだ。

担当となったのが、イツキ・クラウジウス。

イツキは他の医師と異なり、患者の治療に対して積極的だった。地道な心理療法を通じて、チャーリーの症状は徐々に緩和していった。

ところが、イツキが不在であったある日、チャーリーが暴力衝動を示した——とされた。

濡《ぬ》れ衣《ぎぬ》だった。

チャーリーは看護師が患者の私物の煙草《たばこ》を盗んでいるところを目撃してしまい、狼狽《うろた》えた看護師が、暴力を振るわれたと騒ぎ出したのだ。これに、かねてよりイツキの改革志向を快《こころよ》く思っていなかった医師の一団が便乗した。

医師たちはイツキの頭越しに、チャーリーに精神外科手術を施すことに決めた。

「……これが、その痕跡だ」

と、チャーリーが髪を掻き上げた。

耳のあたりに、小さな傷痕が残されているのが見えた。

「手術は成功し、PTSDの症状は消えた。……だが、イツキにとって、それは成功とは言いがたいものだった。やつの目から見るなら、わたしの人格はまったくの別物に変わっていたようだ」

「その、外科手術とは……」

「正式名称はエンパソトミー《empathotomy》。このゾネンシュタインの黎明《れいめい》期に行われていた療法で、具体的には放射線のナイフを用いて、人の脳の恐怖を司る部位をピンポイントで破壊する」

対象となる部位は、脳の扁桃体《へんとうたい》。

地球上であれば、この部位に手を加えるのは、癲癇《てんかん》や重度の双極性障害といった限られた場合だ。しかし、常に死と隣り合わせに生きている開拓地の住民は、そのぶんPTSDの発症率も高い。加えて、過酷な環境を生き抜くために、低予算かつ恒久的な治療法を必要とする。そこから、外科による療法が求められてきた。

PTSDの原因の一つは恐怖なので、恐怖を感じる回路そのものを焼き切ろうというのだ。

この療法をはじめたのが、イワン・タカサキ――若いころの院長であった。

「イワンは、イツキの患者であるわたしに手を出すことはしなかったが――」

手術が行われることそれ自体について、イワンは黙認したようだ。まだ院内での充分な力がなかったからでもあったが、あるいは、イッキへの劣等感もあったのではないかとチャーリーは言う。

「PTSDの苦しみは何か。心的外傷《トラウマ》か。不眠や悪夢といったものか。むろんそれも含まれる。だが、突き詰めれば恐怖に行き当たる。恐怖さえ切除してしまえば――」

トラウマを抱える患者はいても、トラウマに苦しむ患者はいなくなる。いかにして治療するかということを超え、いわば疾患そのものが消滅するのだ。

しかし、恐怖心は人間が危険を避けて生きていく上で、必要な能力でもある。

何よりも、モラルや善悪といった高次の社会性にも関わる。

「我々の内面にモラルを生み出すトリガーは、恐怖だ。過《あやま》ちを犯したとき、人間の脳は怖れを感じるようにできている。この怖れを出発点として、次第にモラルが育《はぐく》まれる面がある。逆に、それをスリルとして享受してしまうと、モラルを獲得することは難しくなる」

だが、恐怖も行き過ぎれば生存を妨《さまた》げることとなる。

PTSDに悩む兵士が、戦後、仮想空間のウォー・シミュレーションでリハビリをするのは、戦場で植《う》えこまれた恐怖を再びスリルとして飼い慣らす行為だと言える。

「勇敢さは人の美徳だ。だが極論すれば、善であることと勇敢であることは両立できない」

そして、とチャーリーはつづける。

「痛みを感じない人間は、他者の痛みを感じ取ることが難しい。医師たちは、イワンの療法を陰でこう呼んだものだ。共感性《empathy》ロボトミー《lobotomy》——あるいは、EL術とな。つまるところ、イワンが提唱した術式は、人為的にサイコパスを作り出す手術にほかならなかった」

そのEL術が行われたのが、いまの第五棟、特殊病棟。

ELは当時必要なものであると同時に、不浄《ふじょう》の場のようにも扱われた。人間は、仕方のないことを自分にそうと言い聞かせつづけることができない。だから、医師たちはELを直視せずに済むよう、回復が見こめない患者とともに第五棟に押しこめたのだという。

「ですが、あなたには——」

モラルや共感性が垣間《かいま》見られる。

そう言いかけたが、言葉を呑んだ。そんなものは、印象でしかない。ことによると、チャーリー本人にとってさえ、わからないことなのだ。

かつて、ジェームス・ファロンという神経科学者が、二十一世紀の初頭、自著でこんなことを明かした。自身の脳をポジトロン断層法《PET》スキャンにかけたところ、前頭葉や側頭葉の共感やモラルに関係する部位の活性状態が低く、典型的なサイコパスの脳であることが判明したというのだ。

遺伝子検査の結果も、攻撃性や暴力性を示すリスクが高いことがわかり、実際、父方の家系には八人もの殺人者がいた。

その一方、彼の父親は良心的兵役《へいえき》拒否者であり、ジェームス自身、殺人や強姦を犯したことはなかった。むしろ、社会的に成功した学者であると言えた。

彼の結論は――自分は社会順応したサイコパスであり、サイコパスが危険性を持つかどうかは、環境によっても左右されるというものだった。

「……ＥＬ術を受けた患者たちの、予後はどうであったのですか」

「ほとんどが社会復帰を果たした」

答えながら、チャーリーはゆっくりとカズキから視線を外した。

「だが、一部の患者は無気力や衝動性といった重い後遺症を抱えることとなった。加えて、術後、街で快楽殺人に走った例も報告されている」

そうした患者たちは、皆、第五病棟――ＥＬ棟へ収容されたそうだ。

やがて院内の体制が整備され、足りないながら薬も入ってくるようになった。より高精度な外科処置を行える機材も揃い、ゾネンシュタインのＥＬ術は闇へ葬《ほうむ》られた。

チャーリーは、病院の忌《い》むべき過去の、いわば墓守《はかもり》なのであった。

「この病院が生命の樹《セフィロトき》だとすると、ＥＬは第五のセフィラにあたる。名前は峻厳《ゲブラー》、別名は、天空の外科医――皮肉な一致だとは思わないか」

「……占星術において、火星が意味するところも外科です」

「ふん」

と、相手がまた鼻を鳴らした。

「その一連の記録が、この地下に封印されているファイルだ」

チャーリーは棚の前に立つと、ファイルの一つを選び取り、埃《ほこり》を払った。

それは古いカルテを紐《ひも》で留《と》めたものだった。カズキの懐中電灯の光のもと、チャーリーが目を細めてページを繰《く》った。

「面白いぞ」

と、オレンジか何かを差し出しでもするように、こちらに向けて開く。

ライトを片手に、開かれたカルテに眼を落とした。——反射的に、呻《うめ》き声が漏れた。

カズキ・クラウジウス
傷病名／心的外傷後ストレス障害　経過／イツキ・クラウジウスの引き起こしたEL棟での集団殺傷事件後、地下室にて保護。不安、恐怖等の症状を発現し、そのまま当院へ入院、エンパソトミー術による加療《かりょう》を行った。

4

急速に、五感が遠のいていくように感じられた。

「嘘です――」と、喉の奥のほうから声が出た。まるで別人の声だった。「わたしが、そのような……」

「本当のことだ」

相手が落ち着き払って応える。

「事件を引き起こしたあと、イツキは保安官のもとへ出頭したのだが、病院が揉《も》み消しに動いたため、罪には問われなかった。しかし、その間におまえの治療が行われてしまったというわけだ。その後のあいつの嘆きは、見られたものではなかった」

チャーリーの表情は硬く、節制を留《とど》めていたが――目には嫌な光が覗いていた。

他者から何かを奪うことの、喜びの影だ。

「イツキは火星から追放されることとなり、おまえの妹のハルカについては、イワンが引き取り手として名乗りを上げた。イツキの手元に残ったのは、共感性を切り取られたおまえだけだった。それであいつは、ジェームス・ファロンの例を頼りに、おまえを正しく育てることに余生を捧げたというわけだ」

「ですが――」

自分には、倫理観も他者への共感もある――と、そう口にしかけた。

だが、本当にそうだろうか。そう思いこんでいるだけではないのか。

かつて恋人が自死したときのことを思い出そうとした。あのとき、自分はどう思い、感じたろうか。――そうだ。たちどころに薬が処方され、悲しみたくても、悲しむこともできなかった。現代医療はカズキに鬱《ふさ》ぎこむことさえ許さなかったのだ。少なくとも、自分ではそのように捉えていた。

しかし、あるいは――。

嫌な感触がよぎる。

自分は悲しめなかったのではなく、そもそも、悲しまなかったのではないか。医療を受けたことで、逆にそのことに気がつけなかったのではないかと。

「おまえは――」

と、チャーリーが語気を強めた。

「ここで突然に責任ある立場を任され、それからもよくやってきた。それどころか、病棟間のパワーバランスを崩しにかかりさえした。だが、おかしいとは思わないか？　普通の人間が、いきなりそのようなことをするものか？　いいか――普通の人間がだ」

まるで呪いでもかけるように、二度、老人は低くささやいた。

「目の前の患者やスタッフを救おうとすれば、大局観のある行動は逆に取れなくなるものだ。しかし、おまえは院内政治に走った。なるほど、それは患者のためではあったろう。だが、おまえは一度でも患者たちに共感し、相手の身になって想像し、我が事のように考えたか？」

おまえは——と、たたみかけるようにチャーリーがつづける。

「確かに、使命感や倫理観は持ち合わせているのだろう。そのことはわたしも否定しない。だが、開拓地へ来て、困難な状況やそれを前にした人々を見て、おまえは誰か一人にでも共感を示したか？ 病院に甚大《じんだい》な被害をもたらしたわたしを、より恨むべきではないのか？」

かつてカズキを追放した教授の台詞が、耳の奥で谺《こだま》する。

——特に、そう——その人を見下したような、蜥蜴みたいな目がな。

「わたしは……」

「この病院に来て、他者に興味を持ち、しっかりと話を聞いてみたことは？ おまえの同僚がどのように生き、どのように物事を感じるのか、おまえは考えてみたことがあるか？」

——あのとき、彼女はなんらかのサインを出していたのだ。

——なぜ、もう少し踏みこんで話を聞けなかったのか。

「おまえが誰か別の人間を愛し、そしてまた他者から愛される——その確かな手《て》応《ごた》えを最後に感じたのは、いつのことだ？　ことによると——一度としてないのではないか？」

——何を考えているのかわからない、冷たいものをあなたから感じて。

「もう……」——やめてくれ。

ただもう、耳を塞《ふさ》ぎたい思いだった。喉が渇いて感じられた。

ここで、相手は親密そうな笑顔を浮かべると、

「なに」

と、カズキの肩を叩いた。

「難しく考えることはない。このことで、おまえに不利益はないのだから。何より——ここに、わたしという同族、同じ聖痕《せいこん》の持ち主がいることを忘れるな。だから、そう——いま一度、わたしとともに来るんだ。イツキがおまえに植えつけた鎖《くさり》を解き、自由な精神を取り戻すのだ……」

ゆっくりと、チャーリーが右手を差し出してくる。

動けなかった。背を、冷たいものが這《は》い降りていく。幾度もカズキは口を開きかけ、それから首を振った。

相手の顔を見た。

かつて自分を助け出した老人は、二十五年を経て、カズキの視線よりも下にあった。

はじめて——カズキはこの老人のことをまっすぐに見つめてみた。枯《か》れ木のような身体《からだ》だ

った。この場所で脳を弄《いじ》られ、閉じこめられ、他の医師が目を背《そむ》ける墓守のような仕事をつづけ——それは、いったいどのような気持ちだったろうか。

想像することはできた。同時に、やはりそれは作りものの共感であるようにも思えた。

ただ、カズキにも一つわかることがあった。

あの日、自分はこの男に助けられた。しかし、彼に手を差し伸べた者はいなかったのだ。

「あなたの——」

と、やっと言うことができた。

「……術後、自覚症状に目立った変化はありましたか」

「何を言っている?」

「あなたが言い出したことです。わたしは精神科医で、そしていま目の前に患者がいる」

カズキの返答に、一瞬、目の前の老人は憤然《ふんぜん》とした顔をしたが、

「案外食えないやつだな」

と、毒気《どくけ》を抜かれたように息を吐いた。

「だが、どのみちもう遅い。過越祭《ペサハ》は動き出したのだ——」

第八章　火星の精神科医

わたしはギリシャ神話を知っているかと尋ねてみた。子供のころにたくさん読んだと彼女は答え、イカルスのことをよく考えたと言った。舞いあがって太陽に近づきすぎ、翼が溶け、墜落して死んだイカルス。「復讐の女神《ネメシス》と神々への不遜《ヒュブリス》ということも理解できます」だが、神々の愛には感動するどころか、当惑したという。シェークスピアの芝居も同じだった。『ロミオとジュリエット』には首をひねったし（「いったい彼らはなにをしているのか、さっぱりわかりませんでした」）『ハムレット』となると、話が行ったり来たりするのでわけがわからなかった。それを彼女は、「前後関係のむずかしさ」と言ったが、それよりも登場人物に共感できず、込みいった動機や意図が理解できないせいではないかと思われた。「単純で力強く、普遍的な」感情なら理解できるが、複雑な感情やだましあいとなるとお手上げだという。「そういうとき、わたしは火星の人類学者のような気がします」と彼女は言った。

――オリヴァー・サックス『火星の人類学者』

1

院長室のドア越しに怒声《どせい》が聞こえてきた。

ノックを躊躇《ためら》っていると、目の前で扉が開き、スーツ姿の見知らぬ男が姿を現した。男はじろりとカズキを一瞥《いちべつ》してから、不機嫌そうにその場をあとにする。

室内では紫檀《したん》のデスク越しに、院長が暗い目をして椅子に身を沈めていた。目が合ったわずかに、院長はばつが悪そうな表情をして、それからカズキを招き入れた。

「……街の連中に薬を配ったそうだな」

「ええ」

「勝手なことを」

「いまの男は?」と、カズキは批難を受け流して訊ねる。

院長がため息をついた。

「うちに出資している農場主だ。経営の危機と見て、貸し剥《は》がしに来た」

声に疲れが滲《にじ》んでいる。

——集団発症から、すでに三日が過ぎていた。

峠《とうげ》を越したが、状況は依然として悪い。

まず、二つの閉鎖病棟だ。長《おさ》たちが逃げてしまったために、管理体制が崩れてしまった。患者のケアが行き届かなくなり、立てつづけに暴力や自殺企図《きと》が起きた。情報共有ボードはトラブルの報告で溢《あふ》れかえり、事実上機能しなくなっている。連鎖的に、何人もの医師や看護師が退職を申し出た。

カズキとしても、せっかく一息ついたスタッフを、閉鎖病棟に貸し出さなければならない。そう思うと気が重いが、院長にとってはそれ以上だ。

資金繰《ぐ》りがショートしかかっているのだ。患者は押し寄せたものの、保険会社からの入金が先であるのに対し、出費ばかりがかさんでしまったからだ。最悪、黒字倒産まであるということで、先ほどの出資者も、それを嗅《か》ぎつけて押しかけてきたということだ。

すべてが悪循環に陥《おちい》っていた。

「借り入れも募《つの》ってはいるが、どいつも掌《てのひら》を返したように……」

初対面のカズキに「俺が法だ」と言ってのけた院長の、命運が尽きかかっている。権力志向の男であるだけに、人が離れていく様子は侘《わ》びしいものがあった。

カズキにとっても他人事《ひとごと》ではない。皆も、病院がつぶれた後のことを考えはじめていた。

だが、チャーリーを恨《うら》む気にはなれなかった。

ある意味では好機でもあるのだ。

これまでの体制が崩れれば、治療環境を改善するための動きも取りやすくなる。すでにいま、閉鎖病棟のこともあり、カズキの発言力は増してきているのだ。

——こうした考えかたは、あの地下室で指摘された通り、自分の欠落の表れかもしれなかった。だが少なくとも、患者の利益を追求した結果でもある。

このことを考えはじめると、カズキには何が正しいのかわからなくなる。

「それで——」とカズキは口を開く。「今日、わたしが呼ばれたのは?」

院長が戸口を指さした。

引き返してドアを閉めると、院長がゆっくりと頷いた。

「……第一棟に収容した患者らがスタッフを追い出し、病棟に立てこもった」

「なんですって?」

「立てこもったのは、エクソダス症候群の患者が九十人弱。数名の協力者もいる。いつの間に調達したのか、銃器で武装していて、病棟長以下、こちらのスタッフは締め出された」

「待ってください」

事態に追いつけない。思わず、遮《さえぎ》るように手を上げてしまった。

「エクソダス症候群の罹患《りかん》者であれば、とても、組織的な立てこもりができるとは……」

「締め出されたスタッフの話によると、煽動《せんどう》しているのは少人数。残りの患者は、わけもわからず従っているようだ。逆に言えば、その残りの患者たちを人質に取られたようなものだ」

そう言って、院長はお手上げだとでも言うように手を泳がせる。

自分も投げてしまいたい思いを堪《こら》え、カズキは顎《あご》に手を当てた。

「糸を引いているのは、チャーリーですか」

「おそらくはな」

カバネとの話のあと――カズキは、集団発症の首謀者がチャーリーであると報告をした。

おのずと、彼を保安官へ引き渡すかどうかが問題となったが、院長としては、この集団発症の原因が病院にあることを伏せ、内々に処理したい。カズキとしては、チャーリーを罪に問うよりは、病院の患者として扱いたい。責任を問われるべきは、彼の脳を弄《いじ》り、長年汚れ仕事を押しつけた病院であると感じたからだ。何より、彼はカズキが一度受け持った患者でもある。

こうして思惑が一致し、チャーリーはひとまず地下に閉じこめておくこととなった。

だが、あの老人のことである。さらなる策謀があったとしても、不思議ではない。

「患者たちは、何を要求しているのです」

「それがな……」

と院長が口籠《くちご》もった。

「この惑星からの脱出《エクソダス》――だそうだ」


思わず、放心して天井を仰いでしまった。

自分のせいだ。

エクソダス症候群の患者は、いまいる場所からの脱出という観念に取り憑《つ》かれる。それが、一箇所に集められたのだ。この事態を予想することは、可能だったはずだ。

気を取り直して、眉間《みけん》に指を当てる。

患者たちの要望に応《こた》えることは可能か。

――無理だ。

資金繰りで苦しいなか、渡航費用を持つことはできない。できたとしても、労働力になるかどうかもわからない集団を、まとめて受け入れるような国が地球側にあるのか。

いや。そもそも、病院がやる筋合いのことでもない。

「……患者たちと話し合いましょう」

どうあれ、彼らは患者なのだ。出てきて治療を希望してくれるなら、それが一番いい。

そして、状況が長引けば長引くほど、患者たちにとって負担となる。

「我慢比べになってしまった場合、どちらが保《も》ちますか?」

患者たちも、いつまでも立てこもっているわけにはいかない。

だが、第一棟は物流のゲートで、資材置き場を兼ねている。食料の備蓄があるのだ。そして、ここを長く押さえられて、ただでさえ破綻《はたん》しかかっている経営が、保つのかどうか。

加えて、病棟のドームは天幕が破損しても保つだけの気密性がある。籠城《ろうじょう》をするのに、これほど適した施設もないのだ。

「未知数が多い」

おもむろに、院長が腕を組んだ。

「相手も大所帯だ。医師もいないなか、いつまでも保つとは思えない」

「保安官たちに連絡は？」

「応援を要請したが……」

院長が声をくぐもらせた。

「望み薄だ。街は街で、集団発症の後始末で手一杯だから、病院のことは病院で解決してくれと下達された。こちらとしても、原因が俺たちだから強く出られない。むしろ、今後どうやって責任逃れをするかで頭が痛い」

——この期《ご》に及んで、そんなことを言う。

「で、どうするんです」

つい、乱暴な口調になってしまった。

「うむ……」

と、院長が唸《うな》りを上げる。

「いっそのこと、いっぺんに解決してしまうのはどうだ」

「いっぺんに？」

相手の言《げん》にどこかしら不穏なものを感じ、眉をひそめた。

「まず、患者たちは一箇所に集められている。第一棟に、我々の側のスタッフはいない」

——だんだんと、口調が譫言《うわごと》のようになっていく。「……そして、病棟には気密性がある」

だったら——と院長がつづけた。

「棟一つを、巨大なガス室に変えてしまえばいいのだ」

一瞬、何を言っているのかわからず、カズキは瞬《まばた》きをした。

だんだんと、腹の底が冷えてきた。

「何を言い出すのです——」

「実際に起こすのは事故だ。遠隔で、換気のサイクルを切るだけだ。あとは——」

「……冗談ですね？」

「ああ、そうとも！」投げやりに、院長が叫んだ。「だが、ほかにどうしろと言うんだ！閉鎖棟の連中は我先に逃げちまった。どうせ、おまえだって……」

——目に猜疑《さいぎ》が宿っている。

信頼していた部下たちの離散がはじまり、カズキも裏切るのではないかと疑っているのだ。

「とにかく――」

思わず、カズキは院長の机を叩いてしまった。

「話し合うしかないでしょう！　我々を信じて残っているスタッフのほうが多いのです！」

このとき、衝撃で机の引き出しが開いた。

その開いた引き出しに、二人の視線が集まる。文具や書類とともに、一葉《よう》の写真が入っているのが見えた。

「それは――」

院長は応えなかった。

かわりに、舌打ちとともに引き出しを閉める。

「……交渉はおまえが行け。だが、こちらとしても要求に応える気はないぞ」

2

開放棟で言えば中庭にあたる空間が、広く資材置き場として取られている。そこに箱やコンテナが所狭しと積まれ、亀のような資材管理用のロボットが谷間を行き来していた。ところが患者が通路を塞《ふさ》いでいるため、ロボットは迂回《うかい》して資材にぶつかったり、誰にも顧《かえり》みられないまま袋小路で立ち往生したりしている。

第一棟に集まっている患者は、移送時と同じ人数だとすれば、合計で八七人。入口でカズキを通した見張りは、重そうなショットガンを肩から提《さ》げていた。

「……院長の使いで来ました。そちらの代表は？」

無言で、見張りがフロアの中央を指さした。

見張りが指さしたのは、開放棟の〈離れ〉と同じ、円筒形の二階建ての建物だ。二階の棟長室は彼らに占拠され、作戦本部として利用されているとのことだ。

その二階の窓際に、こちらを窺《うかが》うように立っている人影があった。

頷いてから、集められた患者たちを見回してみた。

銃で武装しているのは、見張りの数名だけ。組織的に動いている人数は、少ないように見える。それ以外の者たちは、皆、何が起きているかもわからない様子で、中空を見つめて独《ど》言《げん》したり、想像上の蠅《はえ》か何かを追い払ったりしている。

見たことがない紫《むらさき》色の錠剤を、照明に向けて翳《かざ》している患者がいた。患者はカズキの視線に気づくと、悪戯《いたずら》を見咎められたかのような顔をして、さっと薬を隠した。

幼い兄妹《きょうだい》もいる。昔、カズキが火星を発《た》ったのが、あれくらいの年齢だったろうか。

資材の谷を歩きながら、カズキはもう一度棟長室に目を向けた。先ほどまでの人影はない。

そのときだ。

「カズキ」

と、彼の名を呼ぶささやき声がした。

コンテナの陰を覗いてみる。思わぬことに――リュウとハルカの二人がそこに潜んでいた。

静かに、とリュウが口元に指を当てた。

「今朝、患者たちが気になって見に来たんだが……」

ところが、銃で武装した男たちが、突然、スタッフを締め出しにかかった。咄嗟《とっさ》に白衣を脱いで患者たちに紛《まぎ》れたはいいものの、身動きが取れなくなったそうだ。

周囲を見回してから、カズキもそっとコンテナの陰に隠れる。

「武装しているのは何人くらいですか」

「せいぜい七、八人だと思うが、もっといるかもしれない」

患者の統制には、院内放送用のスピーカーが使われたという。〝まもなく地球への道が開ける。そのまま待機するように〟と、放送があったそうだ。——嗄《しわが》れた、老人のような声だったという。

——チャーリーだ。

幻覚や妄想を抱えた患者は、ときとして暗示にかかりやすい。そこにつけこみ、地下に持ちこんでいたあの端末から、音声をここに伝えているのではないか。

「ハルカさんは、どうしてここに？」

「エクソダス症候群の患者が集められたと聞いて、薬を分けに来たそうだ」

ハルカが硬い表情で頷いた。

妹を見下ろし、奥歯を噛《か》んだ。よかれと思って薬を分けたことが、裏目に出たのだ。

「そのまま、落ち着いて聞いてくれますか」

手短に、院長から聞かされた状況を伝える。

わかった、とリュウがすぐに頷いた。

「こっちはまかせろ。最低限、ハルカだけでも逃がす」

二人で視線を交わし合う。

リュウの言葉には迷いがない。いまさらながら、皆を率いているのが彼でないことが残念に感じられた。だが、自分にもきっと出来ることはある。

早く行け、とリュウが追い払う仕草をした。頷いて、カズキはその場をあとにする。

あるいは——とカズキは思う。

あの院長も、父に対してそのような思いを抱いたことがあったのだろうか。

そんなことを考えながら、〈離れ〉の前まで来た。戸口に、新たな見張りが立っている。

「おまえがカズキか?」

頷くと、「上がれ」と言って男が銃を下げた。

——二階で待っていたのは、思いもかけない人物だった。

3

部屋の奥に、肉でも焼けそうな鉄の一枚板のデスクがあった。

鉄は丹念に磨《みが》かれ、錆《さび》止めの透明塗料を塗られ、主《あるじ》を失った棟長室で虚《むな》しく光っている。

そのデスクの上に、カタリナ・アスフェルトは腰掛けて足を組んでいた。

地球産の革のジャケットを羽織《はお》り、肩からライフルを提げている。

「なんだか」

カタリナはカズキを見て、わずかに表情を弛《ゆる》ませた。

「ずいぶん、久しぶりに会ったみたいに感じる」

カズキの後ろで、先ほどの見張りがドアを閉める。まるでカタリナの衛兵のように、男はライフルの照準をカズキに向けた。

「まさか、あなたがやって来るなんてね。病院側の代表と考えていいの？」

患者の代表だと言いたいが、残念ながらそうではない。

「単刀直入に言います。いまのところ、院長はあなたたちの要求に応じる気はない。ですが、互いに歩み寄れる点はあるはずだと信じます」

「どうかな」

「あなたがなぜこの場にいるのか、それを伺《うかが》えますか」

「別に――」

と、自虐《じぎやく》的にカタリナが笑った。

「ただ、ほかに道がないから。地球へ逃げられるなら、それが一番いい。そこに立ってる彼も、事情は似たようなもの。そこを、つけこまれたってわけ」

「誰にですか？」

――答えはない。

ゆっくりと時間をかけ、カズキは頷いた。顎に手を当てる。院長も、おそらくは背後にいるチャーリーも、あとに引きそうにない。

ならば、カタリナたちを切り崩すしかないということだ。

「……院長はあの通り、脅《おど》されれば余計に意固地になる性格です。仮に折れたとしても、地球側の受け入れ国を探すのは難しい。ですから、まずはあなたたちが捕まらない方法を考えましょう」

「たとえば？」

「……保安官たちには賄賂《わいろ》を握らせる。あなたたちの雇用先も見つけられると思います」

そこまで話してから、これでは駄目だと気づいた。

ここまで自分は、相手の気持ちを和《やわ》らげるよう、冷静な口調で話すようにしてきた。だがそのせいで、言葉に気持ちが乗っていないのだ。無意識に、顳顬《こめかみ》の傷に手が伸びた。

カタリナの目を見る。

はじめて、彼女の瞳の色を意識した。少し潤《うる》んだような、ダークブラウンの瞳だった。ふたたびこの惑星を訪れたあのとき、移民局に並んでいた人々と同じ目だ。居場所を失《な》くした人間の目——強気に振る舞いながらも、助けを求めている人間の目。

「……わたしは地球の医局の出身です」

口を衝《つ》いて出たのは、想定していたのとまったく別の言葉だった。

「そこでは、精神疾患は管理下に置かれ、診断も機械化され、わたしたち医師は置物のようなものでした。わたしたちは、自分たちの診断をセカンドオピニオンだなどと呼んだものです。そんななか、教授があたかも絶対君主であるかのような体制が築かれていた」

まあ、とカズキは肩をすくめる。

「端的に言えば、面白くない仕事でした。そして、事件が起きました。わたしは、教授の娘と恋仲にあったのですが、あるとき彼女が……」

——喋《しゃべ》りすぎだ。

わかっているのだが、ここまで話した以上は引き返せない。そっと、目を伏せた。

「自死しました。わたしは大切な人間を失うと同時に、医局を追われ、居場所を失った」

「……地球の医師であったわたしにとって、ここの環境は厳しいものでした。薬も、機材も満足に揃っていない。そのかわり、優秀なスタッフが目的を共有して問題にあたっていました。そんな彼らに助けられて――」

「それで火星へ？」

顔を上げる。

「……はじめて、自分の仕事に意味を見出すことができました」

そうだ。

自分は好きなのだ。ろくに薬も手に入らないような、この病院が。

「いつかの、バーでの約束を憶えていますか」

「さてね」

カタリナは惚《とぼ》けたが、憶えているらしいことが察せられた。

少しずつでも環境を改善し、彼女が勉強できる時間を取らせること――飲み屋での口約束だが、カズキはそれを守ろうと努めてきた。

「わたしは、あなたと働くことができて……」

不意に、その先を言えなくなった。

カズキは首を振った。

「約束を果たさせてください。ですから、つまり――」

口に出してから、自分で驚いた。だがそれが、カズキの本音であったのだ。なぜだろう、とカズキは思う。いつでも、本音に気がつくときは、すべてが手遅れになっている。

そう、手遅れなのだ。

カタリナはわずかに目を細めてから、力なく笑った。

「外様《とざま》の病棟長」

揶揄《やゆ》するような、しかしどことなく優しい口調だった。

「できないことを、言うものじゃないよ」

「わたしが――」

見えない壁が、カズキの先の言葉を遮った。

リユウやハルカ、そして患者たちの顔が脳裏をよぎる。遅れて、自分が何を言おうとしているのかわかった。案外――とカズキは思う。人が狂いはじめるきっかけというものは、小さな善意であったりするのかもしれない。

何かを振りほどくように、先をつづけた。

「わたしが、この病院を乗っ取ります。あなたのことも守ってみせます」

「あなたが?」

カタリナは一瞬目を瞬《しばた》かせ、それからたちまち笑い出した。

「柄《がら》にもないことを言うじゃない」

「本気です。わたしは――」

「地球から来たお医者さんは、たいてい邪魔なばかりなんだけどね」

カタリナがいつかの台詞《せりふ》を繰り返した。――なぜか、その顔と昔の恋人の顔が重なる。

「最後に、少しだけ楽しかったよ」


見張りの男とともに階段を下りながら、カズキはちらと端末の時計を確認した。昼過ぎだった。腹に力を入れ、萎《な》えそうになる気持ちを奮い立たせる。

話し合いは、あと一押しという気もした。だが、とにかくこの場は決裂したのだ。

この先は、籠城戦だろうか。

このまま彼らが第一棟に籠《こ》もり、カズキたちが地道に交渉をつづける。いずれは双方ともに苦しくなり、なんらかの譲歩を見せる。気は進まないが、おそらくはそうなる。

万一、院長があの計画を本気で実行に移そうとした場合は、どうするか。

実力行使しかない。物理的に院長を拿捕《だほ》し、なんらかの診断を拵《こしら》え、治療を受けさせる。

だが、この可能性は低いだろう。

「俺たちは、もう地球へは行けないのかい」

と、見張りの男が小声で訊ねてきた。

わからない、とカズキは正直に答えた。

「ですが、よりよい解決を目指します。さっきカタリナさんに提案したことも、本気です。あなたにも、悪いようには……」

そこまで話してから、ふと、違和感のようなものがよぎった。

――もう、地球へは行けないのか。

という男の言葉が引っかかったのだ。

――最後に、少しだけ楽しかったよ。

〈離れ〉を出て少し歩きはじめたところで、足が止まった。籠城戦となり、やがては双方が折れる。本当にそうか。

そもそも、なぜこのような立てこもりが発生したのか。

地球への集団移住――そんなものを、院長が呑むわけがない。また、チャーリーの立てた計画にしては、杜撰《ずさん》すぎる。彼自身、地下の居場所を特定され、あとがないはずなのだ。

では、チャーリーは何をしようとしているのか。

考えろ。

あの老人が目指すものは、言ってみれば、新たなカルト宗教のようなものだ。では、追いこまれたカルト宗教が辿《たど》る道とは何か？

――エクソダス症候群とＩＳＩは、同根《どうこん》の表裏一体の病《やまい》なのだよ。

――見たことがない紫色の錠剤。

不意に、かつてないような怖気《おぞけ》が襲った。

「まさか……」と、声が漏れる。

このとき――カズキの端末が、院長からの着信を受けた。

見張りが頷いたので、そのまま通話に出た。

「決裂したそうだな」

回線越しに、相手の低い声が聞こえてくる。

「ご苦労だった。ひとまず戻って来い」

院長がそう口にしたのと、ほぼ同時だった。

院内放送のスピーカーが入り、ざ、とノイズが響いた。

――諸君。

と、嗄れた声が流れた。チャーリーだ。声にはエフェクト処理が施《ほどこ》され、そのせいで目眩《めまい》にも似た独特の感覚に苛《さいな》まれる。

――残念ながら、病院側は我々の要望を聞く気はないようだ。だが、まだ希望はあるのだ。

患者たちがざわつきはじめた。

じっとスピーカーに目を向ける者もいれば、わかっているのかいないのか、落ち着かない様子できょろきょろと周囲を見回す者もいる。

「やめろ……」

と、我知らず声が漏れた。カズキには、これから老人が何を言うかがわかっていた。

——今日の十三時七分、月《フオボス》による部分日蝕《にっしょく》が起きる。それとともに、我々の魂《たましい》を迎える宇宙船がやってくる。いいか、諸君。機会は一度だけだ。

刹那《せつな》——フラッシュバックが起きた。

それは地球で暮らしていたマンションの天井だった。カーテン越しに、朝の光がゆらめいている。ベッドに横になっていたカズキは、隣で寝ているはずの恋人がいないことに気づく。

何気なく、カズキは身を起こし——。

「やめてくれ——」

——機会は一度だが、船には全員が乗れるので、安心したまえ。十三時七分ちょうどに、渡しておいた、あの紫の薬を服《の》むのだ。すぐに、身体《からだ》が軽くなってくる……。

「ちょっと！」

叫び声とともに、カタリナが二階から駆け下りてきた。

「先生、待って！　わたしは、こんなこと——」

同時に、何かを壊すような音が響く。

リュウが壁に埋めこまれていたスピーカーの一つを破壊したのだ。手に、資材の鉄パイプを持っている。だが、スピーカーはそれだけではないし、第一棟の各部屋にもある。

まるで様子が見えているかのように、チャーリーが低く笑った。

「は!」

手元から声がして、院長との通話がそのままであったことを思い出した。

「集団自殺とはな! カズキ、これは好都合だぞ」

追いこまれたカルトの末路――その一つが、集団自殺だ。

たとえば、米議員による視察をきっかけに、シアン化合物によって集団自死を図《はか》った人民寺院。あるいは強制捜査を受けたのち、死によってシリウス星へ移動するとした太陽寺院。

「勝手に死んでくれるというなら、それが一番手っ取り早い――」

院長の妄言《もうげん》を無視して、残りのスピーカーを探して見回した。隣の見張りが、リュウにライフルを向けた。その背後からカタリナが手を伸ばし、強引に銃を下ろさせる。

資材の谷の先に、先ほどの幼い兄妹がいた。

気の早い兄が、妹に薬を服ませようとしているところだった。反射的にカズキは走り出したが、間に合いそうにない。

だが、このとき――奇跡は、実は目の前にまで迫っていた。

「だめ!」

一つの叫び声が、兄の手を止めさせた。声の主《ぬし》は――失語症であるはずのハルカだった。

それから彼女はコンテナの陰から飛び出すと、すぐに兄から薬を取り上げた。

「ハルカさん――」

「なんだと？」

電話口の彼女の養父が、動揺をあらわにする。

「ハルカがそこにいるのか？　いや、待て——いまの声が、ハルカだというのか？」

4

「結局——院長の身に起きたのは、一種のショック療法であったのだと思います」

そう言って、カズキはテーブル越しのリュウとシロウを交互に見た。

「ショック療法は、多くの場合、患者にとって害となります。長い目で見れば、治療の役には立たないし、むしろ患者との信頼関係を損ねてしまいます」

——だが、水浴《すいよく》などの刺激によって、いっとき患者が我に返る瞬間があるのも確かなのだ。

「それで？」

シロウが皿の揚《あ》げ物をナイフで切り分けながら先を促《うなが》す。

皿に載っているのは、食堂で新開発されたという、魚を模したメニューだ。大豆を押出成《エクスト》型器《ルーダー》にかけた模造肉に湯葉《ゆば》を巻いて揚げただけのものだが、海のないこの場所では人気があるようだ。

「……昔の日本の詩に、〈レモン哀歌《あいか》〉というものがあります。心を病《や》んだ妻が、あるとき一個のレモンの香りを引き金に、わずかのあいだ正気を取り戻すというものです。これなども、広い意味ではショック療法だと言えるでしょう」

「つまり――」

と、リュウが素焼《すや》きのカップに浮いた水滴を拭《ぬぐ》った。

リュウは少食で、この日の昼食も、代用コーヒー一杯だけのようだ。

「ハルカの一言《ひとこと》が、院長にとっては一個のレモンだったのだと？」

――ハルカの声は、院長の脳にかかっていた暗い霞《かすみ》を晴らした。

それからの院長の行動は早かった。

チャーリーがスピーカーの音声を通じて患者に暗示をかけていると知ると、第一棟の電源系を奪ったのだ。いつかの停電と同じように、第一棟は補助電源のみとなった。

やがてカタリナをはじめとした中心メンバーが投降し、占拠事件は幕を下ろした。

まもなく彼女らは保安官に引き渡されたのだが、話の断片をまとめると、こういうことのようだった。チャーリーは彼女たちに対して、失敗したときは皆で自死しようと話していた。

しかしそれはあくまで中心メンバーに限ったことだとし、患者たちに配る薬は新しい精神安定剤《トランキライザ》であると偽《いつわ》っていた。そして、チャーリーに騙《だま》されていたと知ったカタリナらは、カズキの切り崩しに応じた。

「……あの院長も、院内政治しか考えていないわけではなかったのですね」

シロウの不用意な一言を、リュウが聞き流して、

「あのメモはどういう意味だと思う」

「さあ……」とカズキは言葉を濁した。

カタリナたちが投降したのち、チャーリーの死体が洞窟《どうくつ》で発見された。服毒自殺だった。傍《かたわ》らには、〝治療されるくらいなら死を選ぶ〟と走り書きが残されていた。

この遺言《ゆいごん》とも呼べない遺言が、しかしカズキには理解できるような気もした。これ以上、精神に手を加えられることなく、自《みずか》らが自らであるまま死にたいと思ったのではないか。

もちろん、いまとなっては真意を確認する術《すべ》もない。

「気にしてもしょうがありませんよ」

そう言って、シロウがカップの代用コーヒーを飲み干した。

「それより、今日、バーにでも行きませんか」

「それがですね」とカズキは肩をすくめる。「今晩、臨時の棟長会議がありまして……」


中央管理棟の会議室で、カズキは出席者の顔ぶれを見渡した。

長机が長方形に組まれ、奥のホワイトボードの前に院長が坐《すわ》っている。どこに隠れていたのか、事態が収拾に転じたと見た閉鎖病棟の棟長たちも姿を現していた。

止まっていた時が動き出したかのように、院長は険《けん》の抜けた顔つきをしていた。

議題は、今後の復旧への道筋をどうつけるか。

それに加えて、院長から思わぬ発案があった。

「EL棟を解体したい」

と言うのだ。

EL棟は、治癒《ちゆ》の見込みがないとされた患者たちの終《つい》の棲家《すみか》だ。

言うならそれは、病院の矛盾《むじゅん》をELという小さなパンドラの箱に押しこめたようなものだ。病院に関わる者たちの後ろめたさを、ELは見えない一点に封じこめる。

いずれこの箱を開けなければならないことは、皆も承知している。

そこで、時間をかけてEL棟を開放化するとともに、収容されていた患者たちを社会復帰させる道を模索すると結論が出た。

かくして――火星に出現した古代の瘋狂院《てんきょういん》は、あっけなく解体されることとなった。

誰が新たなELを運営するかだが、カズキが試みにリュウの名を口にしたところ、承認され、追って本人に打診が入る手筈が整えられた。

もちろんリュウ次第だが、そもそも彼が自分の下にいることがおかしいのだ。

第一棟に立てこもっていた患者たちについては、治療を継続する。

いつもなら口うるさい閉鎖病棟の長たちも、今日ばかりは所在なさげに黙りこんでいた。

一通りのことが決まったところで、

「少しだけよろしいですか」

とカズキは挙手した。

「これから、新たな体制に向けてスタートを切ることとなったわけですが……」

ゆっくりと一同を見回し、そして最後に院長に目を向ける。

「地球では精神医学は停滞し、長いこと、正気の暗闇と呼ばれる状況が蔓延《まんえん》しています。特《I》発性《S》希死念慮《I》の問題も、これという対策もないまま、いまに至るというのが現状です」

ふむ、と院長が頷く。

カズキはそれを一瞥して、

「対して、ここの医療はまだ原始的な課題が山積みです。未来において、医療がどのような姿形《すがたかたち》を取るのか、わたしたちはまだ知る由《よし》もありません。……そんななか、チャーリーという老人が目指したのは、ある種の霊性の復活でありました」

「なるほど」と院長が後頭部を掻《か》いた。「俺が目指すところを聞きたい、ということだな」

「ええ」

院長は少し考えてから、「うむ」と口を開いた。

「……精神医療は、社会に適応できない患者を再適応させることを目的とする。社会が変われば、それに対応する疾患や医療の姿も変わりうるわけだ」

たとえば、薬。

「社会の取りうる形が無数にあり、精神疾患がその鏡だと言うならば、薬もまた社会の数だけあるべきなのだ。かといって、指数関数的に製薬工場を殖《ふ》やすわけにもいかないがな」

そこまで口にしてから、院長は気怠《けだる》そうに立ち上がった。

まるでこちらの視線を避けるように、ゆっくり皆の周囲を歩きはじめる。

「これまで俺たちは、脳と意識ばかりを対象に治療を行ってきた。だが、精神疾患とは脳というハードウェアのみがもたらすものではない。脳というハードウェアと、意識というソフトウェアが総体として生み出すものでもない。精神疾患とは——脳というハードウェアと、政治というソフトウェアの組み合わせがもたらす非適応状態にほかならない」

「社会のありようを組み入れて考えるべきだと？」

院長が頷く。

「もっと言うなら、俺たちは脳と行政の双方に対して、治療を行うよりないのだ」

「具体的には？」

社会にも疾患があると唱えたナチスの医師のことが思い出され、無意識に眉が寄った。

院長がカズキの背後で立ち止まる。

「行政の下位に病院があるのではなく、立法システムの一部に病院がある形が望ましい。必要ならば外科処置も行う。あるときは、患者の前頭葉に。そしてあるときは、社会そのものに対してだ」

「患者ではなく、社会のほうを変えるべきケースがあると？」

院長はしばらく答えなかった。

かわりに、懐《ふところ》から一葉《よう》の写真を取り出すと、やるよ、とつぶやいてカズキの前に放った。

あのとき、引き出しにしまわれていた写真だ。写真の背景は、昔のゾネンシュタイン。右側に院長が、そして左側にイッキが写っている。

若いころ——おそらくは、新人だったころの二人だった。

「俺は気が短いからな。だから、脳にも社会にもメスを入れたいと思うだけだ。むろん違う考えがあってもいい」

院長はそう言うと、カズキの肩を叩いた。

「だから、話はここまでで半分だ」

「……半分とは？」

「おまえの話を聞いていない。最初、おまえはただ父親の過去を知りたかっただけのはずだ。そんなおまえが、いつの間にか、病院のありようさえ変える事件にも深く関わっている」

それなのにだ、と院長が言う。

「俺たちは、おまえが実際のところ何を考えているのかわからない。狡《ずる》いと思わないか？」

問われ、カズキは目を上げた。

皆がこちらに注目していた。いや、全員ではない。閉鎖病棟の二人は、面白くなさそうに目を背《そむ》けている。

「……現時点のものでかまわないですか」

「ああ」

そうは言ったものの、院長やチャーリーのように、確たる考えがあるわけでもない。

しばらく悩んだが、やがて、勝手に口が動きはじめた。

「……わたしは凡庸《ぼんよう》な医師です。たとえば――悩める患者がいれば話を聞く。あるいは、怒れる患者がいればなだめる。そんなふうに、やることと言ったら目の前のことばかりです」

そう言って、カズキは軽く頭を掻いた。

「新たな療法があると聞けば、過剰に期待し、それに希望を託します。そして、効果がなくて気を落としたりもします。療法に懐疑《かいぎ》的だった者からは、それ見たことかと罵《ののし》られる。あるいは――薬が患者をスポイルしていると思えば、投薬を打ち切ることも考えます」

それが裏目に出て、患者が自死を図ることもある。

患者が暴力を振るえば保護室へ隔離する。ときには家族に訴《うった》えられ、慌てて保護室から出すこともある。

「……昔、こんなことを指摘した医師がいたそうです。若い医者は、普遍症候群、つまり文化に関わらない普遍的な病ばかりに目が行く。それが経験を積むに従い、文化結合症候群――文化や社会に根づいた固有の病が見えてくるようになる」

そして――とカズキはつづける。

「老成したころには、鋭さが失われ、診断がつかなくなってくる。そのかわりに、個人症候群とも言うべき、類型化のできない個人の病のようなものが見えてくるのだと。言い換えれば、患者の治療を通じて、わたしたちも変化し、成長していくということでもあります」

「ふむ……」

「何かことが起きるたびに、挫《くじ》けて、悩み、そしてまた立ち直る。とすれば、そこにあるのは、この惑星のテラフォーミングのような、終わりない先の見えない過程です。あるいは、そうと気づかずに悪を働くこともあるかもしれません。……でも、わたしはそれでいいように思うのです」

貴賤《きせん》いずれの境涯《きょうがい》をも遍歴《へんれき》し、しかもなお内面的な心理体験を豊かに蓄《たくわ》え——。

そんな、ファウストのような医師など、求められないのだ。

「わたしたちが瘋狂院を未開だと感じるように、いまの医療も、百年後、千年後の医師からは未開だと嘲笑《あざわら》われることでしょう。……しかし、どうしたわけか、わたしにはこうも思えるのです。まさにこの未開な医療こそが、ありうべき理想の医療の姿にほかならないと」

顔が紅潮《こうちょう》してくるのがわかった。

だが、この話には、皆も思うところがあったのかもしれない。誰も笑いもせず、怒りもしなかった。かわりに、どことなくばつの悪そうな、気まずいような表情を浮かべていた。

「いずれ——」

と、カズキは言葉を接《つ》いだ。

「普遍症候群と文化結合症候群、そして個人症候群とを切り結ぶもの……、そう、いわば精神の万物理論のようなものが生まれるのかもしれません。ならばそれが定式化される日まで、わたしたちは未開人でありつづけますし、わたしはそのことを受け入れたいと思うのです」
視界の隅で――閉鎖病棟の長の片方が、そっぽを向きながらも小さく頷くのがわかった。

エピローグ

……以上から、ＩＳＩに対する薬物療法の可能性が示された。ＩＳＩのリスク因子についてはさらなる研究が待たれるが、将来は予防的投薬も可能になると考えられる。

――カズキ・クラウジウス「ＩＳＩ未遂患者への薬物療法」

馬車はまだ来ていなかった。

白衣にコートを羽織《はお》ってハルカと並んでいると、息が凍って煙となり、見えない天幕に向けて散った。眼前に馬車の光の河が瞬《またた》き、市街地に向け、いくつもの枝を伸ばしている。難しい顔をしていたのか、横からハルカが腕をつついてきた。

「笑いましょう」

と、彼女が柔らかく微笑《ほほえ》んだ。

「お別れなんだから」

——ここ二年のあいだに、ハルカの失語症はすっかり回復した。

カズキとともにAIによって育てられた彼女の言語能力は、実際は、発話まであと一歩というところまで来ていたらしかった。そして、一度言葉を口にしてからは、加速度的に治療が進んでいった。

ゆくゆくは、リュウのEL棟で働きたいと彼女は言う。

カズキとしては、自分の勤める開放棟でないことが面白くない。

この彼女の回復に一役買ったのは、ノブヤが開発していた仮想空間のシステムだ。

カズキの出自に興味を持った彼は、セラミックス工場跡《あと》に残されていたＡＩを解析し、仮想空間内で再現して見せたのだった。

つづけて、ヘッドセットを用いた仮想的な治療環境が作り出された。

患者の多くは、外部の刺激に対して過敏になっている。だから、ＰＴＳＤに悩む兵士を仮想空間を用いて治療するように、安心できる治療空間をバーチャルで作り出そうというのだ。ノブヤは入院中にもかかわらずこの技術で会社を立ち上げ、如才《じよさい》なくゾネンシュタインを主要取引先とした。ソフトウェアは地球にも輸出され、発達障害の治療で成果を挙《あ》げはじめていると耳にした。起業にはカバネも手を貸したようだが、彼女自身は、治療が終われば改めて罰を受けるつもりだと言う。

地球上の正気の暗闇は、いまだ晴れない。

火星に輸入される薬の種類や量が増えるにつれ、その闇は、ここにもひたひたと押し寄せてきていると感じる。

だが――特発性希死念慮《ＩＳＩ》という病《やまい》は、過去のものとなった。

エクソダス症候群の集団発症後、カズキは地道に患者たちのデータを取り、それをＩＳＩの研究と接続した。そしてチャーリーが示唆《しさ》した通り、両者が同根《どうこん》の病であることを指し示したのだ。

それは、ＩＳＩの未遂患者がエクソダス症候群の薬で治療可能になったことを意味した。まだ予兆のない自死を防げるものではないが、統合失調症の原因遺伝子を持つ患者に対して予防投薬が可能であるように、やがては予防も可能になると見られている。

これを受けてＩＳＩの診断名は消え、エクソダス双極性と呼ばれる新たな名称が生まれるに至った。まるで躁鬱《そううつ》のように、脱出と自死という二つの極を持つ疾患であるからだ。

――病院の通用口に、カートを引くカタリナが姿を見せた。

カズキたちの姿を見て、一瞬、彼女は意外そうな顔をした。

「来てくれたの？」

患者に傷害を働いた彼女に、看護師として仕事をつづけてもらうことはできなかった。しかし、病院は彼女を中央管理棟の事務として迎え入れた。

彼女は薬物依存の治療をしながら資金を貯《た》め――そして、地球へ旅立つことになった。

「荷物はそれだけですか」

「これでも多いくらい」

「シロウが悔《くや》しがりますね」

先月、シロウは突然一年間の休職願を出してきた。事情を訊ねると、ジェーンの地球巡業についていきたいのだと言う。それを却下して以来、シロウはカズキと会うごとに恨《うら》めしげに頭上を見上げる。

「……地球へ行けるのは楽しみなんだけど、長旅に耐えられるか心配で」

「癲狂院《てんきょういん》の時代には、旅行療法というものがあったそうですよ」

――やがて嘶《いなな》きとともに馬車が来た。

カタリナは御者《ぎょしゃ》に荷物を渡してから、

「いつか――」

と、カズキのほうを振り向いた。

それからハルカの視線に気がついて、いや、と首を振った。

「なんでもない。じゃあね」

片手を上げ、彼女が馬車に乗りこんだ。

まもなく馬車が出て、小さな輝点《きてん》となり、街へ向けて流れる光の河と合流した。

光は山の斜面に沿ってなだらかに右へカーブする。

カズキが赴任したときと比べ、ゾネンシュタインの様子もだいぶ様変わりした。

EL棟の建物は解体され、いま、新たな設計のもと、新病棟が建造中だ。設計はリュウの意向を反映し、ドーム型にはせず、火星の自然光を取り入れる形状に決まった。

来週には、中庭に植《う》える林檎《りんご》の木が、農場地区から運びこまれる。

寮にいるあいだも工事がうるさいが、不快な音ではなかった。足場を組む電動スクリューの音や、職人たちの話し声は、淀みがなく、精神の新陳代謝のようなものが感じられた。

——ハルカがこちらの手を握った。

スロープに沿って、光の河は街へ流れ出す。ナイトマーケットへ、あるいはバラック屋根の住宅街へ——この惑星に根を張りつつある、どこにでもある人々の新たな故郷に向けて。

引用元・主要参考文献

●建築、経営

「平成26年病院運営実態分析調査の概要」一般社団法人全国公私病院連盟、一般社団法人日本病院会（2015）／『建築設計資料集成6　建築‐生活』社団法人日本建築学会、丸善株式会社（1979）／『建築技術　No. 551　1996.2』株式会社建築技術（1997）／『医療の質向上への革新――先進6病院の事例研究から』飯田修平、田村誠、丸木一成編著、日科技連出版社（2005）

●臨床、病理

『現代精神医学事典』加藤敏、神庭重信、中谷陽二、武田雅俊、鹿島晴雄、狩野力八郎、市川宏伸編集、弘文堂（2011）／『中井久夫著作集――精神医学の経験 第1巻 分裂病』中井久夫、岩崎学術出版社（1984）／『中井久夫著作集――精神医学の経験 第2巻 治療』中井久夫、岩崎学術出版社（1985）／『分裂病の最新研究――精神から分子レベルまで』Nancy C. Andreasen 編　秋元波留夫監訳、創造出版（1996）／『天才と分裂病の進化論』デイヴィッド・ホロビン著、金沢泰子訳、新潮社（2002）／『病気志願者――「死ぬほど」病気になりたがる人たち』マーク・D・フェルドマン、チャールズ・V・フォード著、沢木昇訳、原書房（1998）／『言語障害辞典』内山喜久雄監修、岩崎学術出版社（1979）／『脳が言葉を取り戻すとき――失語症のカルテから』佐野洋子、加藤正弘、日本放送出版協会（1998）／『失われたことば――失語症患者におこったこと』長谷川恒雄、日本放送出版協会（1981）／『薬物依存』宮里勝政、岩波書店（1999）／『分裂病――引き裂かれた自己の克服』飯田真、風祭元編、有斐閣（1979）／『精神

分裂病と境界例』小川信男、金剛出版（1991）／*The Psychopath Inside: A Neuroscientist's Personal Journey into the Dark Side of the Brain*, James Fallon, Current（2013）

●救急、リハビリテーション

『精神救急ハンドブック』計見一雄、新興医学出版社（1992）／『精神科ER緊急救命室』備瀬哲弘、集英社（2008）／『エビデンスに基づく精神科看護ケア関連図』川野雅資編著、中央法規出版（2008）／『リハビリテーション解説事典』村地俊二、福本安甫、井神隆憲編、中央法規出版（1989）／『開放病棟で診る――13年間の体験とデータから 続・開放病棟』近藤廉治、合同出版（1985）／『リハビリテーション』砂原茂一、岩波書店（1980）／『心の病と社会復帰』蜂矢英彦、岩波書店（1993）／『看護』増田れい子、岩波書店（1996）／『看護婦の現場から』向井承子、講談社（1993）／『薬物依存を越えて――回復と再生へのプログラム』近藤恒夫、海拓舎（2000）／『治療的面接の実際――Tさんとの面接』佐治守夫編、日本精神技術研究所（1992）／『治療的面接の実際――ゆう子のケース』佐治守夫編、日本精神技術研究所（1985）

●精神医学史、反精神医学、ナチズム

『狂気の歴史――古典主義時代における』ミシェル・フーコー著、田村俶訳、新潮社（1975）／『精神医学百年史――人文史への寄与』E・クレペリン著、岡不二太郎訳編、創造出版（1998）／『専門医のための精神科臨床リュミエール30――精神医学の思想』大塚耕太郎、加藤敏、下地明友、村井俊哉、鈴木國文他著、神庭重信、松下正明編、中山書店（2012）／『精神を切る手術――脳に分け入る科学の歴史』橳島次郎、岩波書店（2012）／『ギールの街の人々』E・ルーゼンス、寺嶋正吾訳、精神医療委員会（1981）／『ナチスもう一つの大罪──「安楽死」とドイツ精神医学』小俣和一郎、人文書院（1995）／『精神医学とナチズム──裁かれるユング、ハイデガー』小俣和一郎、講談社（1997）／『「生きるに値しない命」とは誰のことか──ナチス安楽死思想の原典を読む』カール＝ビンディング、アルフレート＝ホッヘ著、森下直貴、佐野誠訳、窓社（2001）／『瞑想の精神医学──トランスパーソナル精神医学序説』安藤治、春秋社（1993）／『脳を超えて』スタニスラフ・グロフ著、吉福伸逸、菅靖彦、星川淳訳、春秋社（1988）

●精神分析、カバラ
『ユダヤ神秘主義とフロイド』デイヴィド・バカン著、岸田秀、久米博、富田達彦訳、紀伊國屋書店（1976）／『現代の精神分析』小此木啓吾、講談社（2002）／『フロイト以後』鈴木晶、講談社（1992）／『カバラ──ユダヤ神秘思想の系譜』箱崎総一、青土社（2007）／『ユダヤ人』上田和夫、講談社（1986）

●テクノロジー
『脳の情報を読み解く──ＢＭＩが開く未来』川人光男、朝日新聞出版（2010）／「近赤外線光トポグラフィを用いた失語症回復過程の計測」（『高次脳機能研究 第25巻 第3号』内記事）渡辺英寿、室田由美子、中島千鶴、日本高次脳機能障害学会（2005）／「精神疾患の臨床検査としての光トポグラフィー検査（NIRS）」（『MEDIX Vol. 53』内記事）滝沢龍、福田正人、心の健康に光トポグラフィー検査を応用する会（2010）／「ＮＩＲＳによる脳機能測定」（『脳科学と障害のある子どもの教育に関する研究』内記事）玉木宗久、海津亜希子、独立行政法人国立特殊教育総合研究所（2007）／「第一言語処理と第二言語処理における脳活性状態の違い——日本語と英語のリスニングにおいて」（『ことばと科学　第21号』内記事）大石晴美、木下徹、名古屋大学言語文化研究会（2008）

●その他

『聖書』日本聖書協会（1955）／『火星の人類学者——脳神経科医と7人の奇妙な患者』オリヴァー・サックス著、吉田利子訳、早川書房（1997）／『治療文化論——精神医学的再構築の試み』中井久夫、岩波書店（2001）／『ロートレアモン詩集』ロートレアモン、渡辺広士訳、思潮社（1968）／『女性殺人犯』ジョン・ダニング著、河合修治訳、中央アート出版社（2002）／『心は実験できるか——20世紀心理学実験物語』ローレン・スレイター、岩坂彰訳、紀伊國屋書店（2005）／『刑事精神鑑定例集』石田武編著、中央大学出版部（1991）／『精神障害犯罪者——アメリカ司法精神医学の理論と実際』セイマー・L・ハレック著、滝口直彦、妹尾栄一、長谷川直実訳、金剛出版（1994）／『多文化間精神医学の潮流——文化錯綜の現代、そのメンタルヘルスを考える』大西守編著、診療新社（1998）／『異文化接触の心理学』渡辺文夫編著、川島書店（1995）／「精神分裂病のコンピューター・シミュレーション」（『imago 1992 Vol. 3-1』内記事）高瀬守一朗、青土社（1992）／『智恵子抄』高村光太郎、新潮社（2003）

普遍的な解への希求と懐疑――問いつづける作家・宮内悠介

牧　眞司

『エクソダス症候群』は、火星生まれだが地球で教育を受けて精神科医になったカズキ・クロネンバーグが、恋人の自殺をきっかけに居場所をなくし、火星へ帰還するところからはじまる。火星では医薬品がじゅうぶんに供給されない。この地でいま、妄想や幻覚をともなう強い脱出衝動に駆られる「エクソダス症候群」が発生していた。皮肉なことに医者であるカズキ自身がこの疾患にかかっており、薬でそれを抑えこんでいるありさまだ。

カズキが火星で勤めるのは、カバラの図象「生命の樹《セフィロト》」のかたちに配置されたゾネンシュタイン病院である。カズキは、施設の最奥部にあたる第五病棟で、この病院最古の患者にして第五病棟に君臨する病棟長でもあるチャーリー・D・ポップと出会う。

チャーリーはいう。「信仰を信仰でしか殺せないように、狂気は狂気によってしか殺せないのだよ」。彼がめざしているのは精神医学の終焉《しゅうえん》だった。その言葉は、カズキを惑わすデモーニッシュな囁《ささや》きだが、同時に彼を新しい洞察へと誘う導きのようでもある。やがて、秘匿されていたゾネンシュタイン病院のおぞましい因縁、そしてカズキとその家族の封じられた過去が浮上する……。

宮内悠介の進撃がとまらない。

二〇一〇年、第一回創元ＳＦ短編賞に投じた「盤上の夜」が選考委員特別賞（山田正紀《まさき》賞）を受けてプロデビュー。同作はアンソロジー『原色の想像力』（本文庫）に収録されたのち、卓上ゲームを題材にしたシリーズへと発展。それを一冊にまとめた『盤上の夜』（一二年、現在は本文庫）は、第三十三回日本ＳＦ大賞を獲得し、第百四十七回直木三十五賞候補にもあがった。一三年には第六回〝（池田晶子《あきこ》記念）わたくし、つまりＮｏｂｏｄｙ賞〟を受賞。同賞は「考える日本語の美しさ、その表現者としての姿勢と可能性を顕彰する」を主旨とし、「新しい言葉の担い手」を対象とするものだ。同じ年に、単行本二冊目となるＳＦ連作集『ヨハネスブルグの天使たち』（現在はハヤカワ文庫）を上梓《じょうし》。こちらは第三十四回日本ＳＦ大賞特別賞に選ばれた。ちなみに日本ＳＦ大賞の正賞と特別賞を受賞しているクリエーターはほかにもいるが、二年連続、しかもデビュー単行本から立てつづけという離れ業《わざ》は宮内悠介だけだ。『ヨハネスブルグの天使たち』は第百四十九回直木三十五賞の候補にもなっている。

すでに多くの文芸編集者が彼の才能に注目をしており、多くのオファーがあったと推察される。実際、文芸誌・中間小説誌・推理小説誌・SF誌・オリジナルアンソロジーと、さまざまな媒体に寄稿するようになっていく。一五年には初の長編『エクソダス症候群』（本書）を書き下ろしで発表。これを記念して七月四日に紀伊國屋書店新宿本店でトーク&サイン会が開催された。担当氏がはからってくれ私が聞き手を務めたのだが、一般のファンにまじって各社の編集者が客席で熱心に話を聞いていたことが強く印象に残っている。ヒット作を出した作家に編集者が群がるのはよくある光景だが、そうしたビジネスチャンスを狙ったガツガツした感じとは明らかに異なっていた。そのうち何人かと話をしたのだが、どなたも宮内悠介の実力や作風に惚《ほ》れこみ、文芸出版に関わる者の誇りをもって関わろうとしているのだ。熱意がひしひしと伝わってきた。いまから思えば、ファンからの人気に先行して、まずプロが宮内悠介を高く評価していたのだ。

じつは、『ヨハネスブルグの天使たち』が日本SF大賞特別賞を受賞したとき、私は選考委員のひとりだった。この年は酉島伝法《とりしまでんぽう》『皆勤の徒』（本文庫）という怪物作品があり、ほぼ満場一致で大賞受賞が決まったのだが、『ヨハネスブルグの天使たち』の評価もきわめて高く、通常ならば併《あわ》せて大賞にしても良かった。審査委員の選評でも、誰ひとりとしてマイナス点をつけていない。ただ、宮内作品は前年に『盤上の夜』が受賞しており、それで割を食ったのだ。

ちなみに、年次刊行の『SFが読みたい！』（早川書房）で実施しているSF関係者によるベスト投票をみると、『盤上の夜』が一二年度の第二位、『ヨハネスブルグの天使たち』が一三年度の二位、『エクソダス症候群』が一五年度の第三位である。SF読者のあいだでも宮内悠介はしだいに注目が高まり、ファンが選ぶ星雲賞では「盤上の夜」が日本短編部門の参考候補作（一三年投票）になったのに引きつづき、『エクソダス症候群』が日本長編部門の参考候補作（一六年投票）にあがった。

一六年には、音楽を題材にしたサスペンス長編『アメリカ最後の実験』（新潮社）、疑似科学を扱った連作集『彼女がエスパーだったころ』（講談社）、ユーモアSF連作集『スペース金融道』（河出書房新社）、ミステリ連作集『月と太陽の盤　碁盤師・吉井利仙の事件簿』（光文社）と、さまざまな傾向の四冊を送りだしている。各作品が異なるジャンルというだけではなく、ひとつの作品が複数のジャンルを横断してしまう。それが宮内悠介の特徴だ。けっして器用に書きわけているのではない。一篇ずつ内容に沿った表現と構成を練《ね》りあげた結果である。この四冊のうち、SF的な要素のある三冊はすべて『SFが読みたい！』ベスト投票で二十位以内にランクイン。『スペース金融道』が二位、『彼女がエスパーだったころ』が七位、『アメリカ最後の実験』が十三位であり、作家別の合計でみれば宮内悠介はこの年の日本SF小説のMVPだ。『スペース金融道』と『彼女がエスパーだったころ』は、星雲賞日本長編部門の参考候補作にも選ばれている（受賞結果が出るのは本年八月）。また、『彼女がエスパーだったころ』は第三十八回吉川英治文学新人賞を獲得（受賞は翌一七年）。『アメリカ最後の実験』は第二十九回山本周五郎賞の候補にあがった。『月と太陽の盤』収録の一編「青葉の盤」は雑誌初出時に、第六十六回日本推理作家協会賞短編部門の候補になっている。作品が評価される場もまた、ジャンルにまたがっているのだ。

一六年の活動で特筆すべきは、純文学への進出だろう。『文學界』(文藝春秋)にアメリカに暮らす日系人を主人公とした「半地下」および「カブールの園」を発表。後者は第百五十六回芥川龍之介賞の候補になった。直木賞と芥川賞の両方に推挙される俊英として話題をまいたが、宮内悠介はSFから純文学へと越境したのではなく、もとより文学の素地を備えた作家である。「半地下」は二十二歳のときに、原型を書きあげていたという。

一七年には、まず一月に「半地下」と「カブールの園」を併録した作品集『カブールの園』(文藝春秋)を上梓。同書は第三十回三島由紀夫賞を獲得した。つづいて四月に、一五年から雑誌連載していたエンターテインメント長編『あとは野となれ大和撫子』を単行本化(KADOKAWA)。中央アジアの架空の国を舞台に、潑剌《はつらつ》とした若い女性たちが手探りで政治運営をおこなう風変わりなユートピア建国ストーリーだ。ほとんどアニメ的ともいえるケレン味がありながら、背景となる設定が周到に考えぬかれているため、読む者の心にすんなりと沁みていく。環境学のアイデアも凝らされ、SF的興味も喚起される。

以上、宮内悠介のプロデビューからの軌跡を、駆け足でたどってみた。わずか六年半で、これだけの実績を重ねたのだ。驚異である。本稿を書いている少し前、五月十三日に、宮内悠介・Ｐｉｐｐｏ夫妻の結婚パーティがあった。Ｐｉｐｐｏさんは近代詩伝道師として大活躍をしているかたで、『心に太陽を　くちびるに詩を』（新日本出版社）という著作がある。おふたりは昨年春に入籍し、親族での結婚式はすませていたのだが、仲間を集めてのお披露目は宮内さんの仕事が一段落してから、と思っているうちに伸び伸びとなり、見るに見かねた（？）友人たちがふたりのお尻を叩いて実現したしだい。考えてみれば、仕事が一段落などという状況が、絶えず編集者から狙われている宮内悠介にあるはずもない。パーティの企画運営を中心になって牽引したのは、創元ＳＦ短編賞の同期、高山羽根子《はねこ》さんとその夫君のとんかつさん（もちろん通称、仲間内ではそう呼ばれている）である。当日はそのほかの受賞仲間も多く参集し、同賞の同窓会的雰囲気が感じられて微笑ましかった。乾杯の音頭をとったのは、宮内さんのデビューのきっかけをつくった山田正紀さんだ。同賞発足以来の審査を務めている大森望《のぞみ》、日下《くさか》三蔵《さんぞう》の両氏も、パーティ発起人に名を連ねていた。会場で大森望を見つけ、私が「創元ＳＦ短編賞出身者は多士《たし》済々《せいせい》だけど、そのなかでも宮内さんは出世頭だね」というと、間髪《かんはつ》いれず「〝そのなか〟に限らないけどな」と返された。まさにまさに！

いろいろなところで繰り返しいっていることだが、ここ数年の日本ＳＦは史上空前の収穫期にある。作品の質でいえば、第一世代作家がめざましい活躍をはじめた一九六〇年代前半、あるいはＳＦブームといわれた七〇年代後半さえ、軽く上まわっている。そのうちのトップランナーが宮内悠介だ。ＳＦの新しい可能性を切り拓いている才能はほかにもいるが、①二十一世紀の世界状況や科学技術を踏まえたヴィジョンを有している、②ＳＦというカテゴリーのなかでの先鋭というだけでなく、より広範な読者を巻きこんでいく普遍性と表現力を備えている、③一定以上の作品発表ペースを保っている――この三点をすべて高水準で満たす存在となれば、宮内悠介の右に出る者はなかろう。

私は先ほど「宮内悠介の進撃」と表現した。しかし、「進撃」という言葉が適当かと、いまになって悩んでいる。たしかにアウトプットだけを見れば、溢《あふ》れるような才気、順風満帆《じゅんぷうまんぱん》の執筆人生に見える。作品のヴァリエーションも豊富だ。物語に登場する小道具やギミック、アイデアからは引き出しの多さがうかがえる。だが、宮内悠介はけっして楽々と書いているわけではない。まず、インプットにかけている手間が半端ではない。各著作に付されている「主要参考文献」リストをみれば、作品ごとにさまざまな知の分野を渉猟《しょうりょう》していることがわかる。そのうえ、海外への現地取材もおこなっているのだ。

それにもまして特筆すべきは、作品を支える深い思考だ。宮内作品ではしばしば一意的な解が出せない問いが提起され、それをめぐる逆説や矛盾を包含しつつロジックが展開される。たとえば、『盤上の夜』連作のひとつ「千年の虚空」で、若手政治家・葦原一郎《あしはらいちろう》が構想した量子歴史学。一郎はこれを「ゲームを殺すゲーム」として仕組む。ここでいうゲームとは政治機構だが、原理的には人文学に立脚するシステム全般といってもよい。一郎の考えに対し、彼をインタビューしているジャーナリスト（連作をつうじての語り手）は、「システムが壊れてしまえば別なゲームに取って替わられるだけです」と疑義を挟む。しかし、一郎はそれすら織りこみずみで、「だからこそ、ゲームを殺すゲームには、まず無限に自壊しつづける性質がなければならない」という。そんなものが可能なのか？　一郎はありうると主張する。彼の説明はこうだ。「ゲームを拒否することがプレイヤーにとって最善手となりうるような……いやむしろ、参加するほどに正気の世界から切り離され、神話世界を生きることを余儀なくされるような代物」。

あるいは、『アメリカ最後の実験』で、主人公の櫻井脩《さくらいしゅう》は「音楽には心などない。ゲームだ」とうそぶきながら、その発想が通用してしまうことに苛立つ。「音楽とは、もっと手強いものでなくていいのか」と考える。それが「自分の賢さごときを打ち砕く現実が、この世界に存在しなくていいのか。世界とはもっと色鮮やかで、酷薄で、一筋縄《ひとすじなわ》ではいかないものではなかったのか」という認識へと拡張される。

そして、本書『エクソダス症候群』で描かれる「正気の暗闇」。未来の地球では、多剤大量処方が功を奏しあらゆる精神疾患は滅びつつあったが、原因不明の自殺が急増してしまう。病を駆逐《くちく》することで、いままでになかった死が発生してしまうパラドックス。それとは対照的に、過酷な環境の火星開拓地では、妄想的な脱出衝動に取り憑《つ》かれる「エクソダス症候群」が発生していた。このふたつをN極とS極のように配置し、精神疾患とその治療との奇妙な磁場が形成される。精神疾患を題材としたSFにはフィリップ・K・ディックやJ・G・バラードなどの先行例があるが、本作が傑出しているのは狂気と理性とのぬきさしならぬ関係を洞察したことだ。狂気にはその時代ごとの科学が反映され、患者と医者の関係も一様ではない。ちょうど観測問題のように、医者が患者に影響を与え、患者も医者に影響を与える。あるいは社会が人間に病《やまい》をもたらし、病が社会に意味をもたらす。

だとすれば、私たちはどうやって健全に生きられるのか？　それは多義性といってすませられることではない。逡巡しながらもさらに先を目ざす情念。究極の答を求めながらそれがあることを疑いつづける思考。宮内作品の魅力はこの絶え間ない運動だ。

本書は二〇一五年、小社より刊行された作品の文庫化です。

検　印
廃　止

著者紹介　1979年東京生まれ。早稲田大学第一文学部卒。「盤上の夜」で第1回創元SF短編賞山田正紀賞受賞。同題の作品集で第33回日本SF大賞，『ヨハネスブルグの天使たち』で第34回同賞特別賞，『彼女がエスパーだったころ』で第38回吉川英治文学新人賞，『カブールの園』で第30回三島由紀夫賞受賞。

エクソダス症候群

2017年7月21日　初版

著者　宮《みや》　内《うち》　悠《ゆう》　介《すけ》

発行所　(株)　東京創元社
代表者　長谷川晋一

162-0814/東京都新宿区新小川町1-5
電話　03・3268・8231-営業部
　　　03・3268・8204-編集部
URL　http://www.tsogen.co.jp
振替　00160—9—1565
フォレスト・本間製本

ISBN978-4-488-74702-2　C0193